嘘つきな彼との話

三羽省吾
Mitsuba Shogo

中央公論新社

噓つきな彼との話

その日も確か雨だった。

俺は、職場や街中でよく喧嘩《けんか》を売られて困っている、という話をしていた。

こちらにそのつもりはない。原因は、上目遣いが癖になっているせいだと思う。毎日十キロから十五キロを走りながら、常に顎を引いて視線は前方に向けていなければならないのだから、自然と睨《にら》んでいるような目付きになってもしょうがない。

牛丼屋のカウンター席で、俺はそんなふうに自分なりの分析を披露した。

「僕はそんなことないよ」

いつも一緒に走っている彼は、そう言った。確かに、彼も普段から上目遣いだが、睨んでいるという感じはしない。むしろ怯《おび》えて、人の出方を窺《うかが》うような目付きだ。

彼は続けて、俺が喧嘩を売られる原因は「いつもなにかに怒ってるみたいだから」ではないか、とも言った。

ちょうど並盛が二つ、出てきたところだった。

「じゃあ、どうすりゃいいんだよ」

「ほら、そういうとこ」

俺は「ご指摘どうも」と言いながら紅生姜《べにしょうが》に手を伸ばし、彼の丼にたっぷり載せた。

「あ、もう。嫌いなのに」

「知ってる。ほら、おまけ」

　七味も大量に振り掛けてやると、彼は「うわ〜」と言いながらも笑っていた。それから腕まくりをして「もったいないから絶対残さない」と宣言すると、肉が見えないくらい真っ赤になったそれをかき込んだ。

「ほんと、なにしても怒らないよな」

　俺が呆《あき》れて言うと、彼はなんでもないように「疲れるだけだもん」と答えた。

　腹の立つことなら毎日のようにある。しかしいちいち本気になるのは精神衛生上よくないし、時間の無駄だ。そう考えるようにしていれば、たいていのことは翌日には忘れている。

　何杯も水を飲みながら赤い牛丼をかき込み、彼はそんなことを言った。

「それに、怒りをコントロールすることもあそこでは必要なんじゃない？」

　その言葉は俺の脳内で、しょっちゅう吠《ほ》え立てるのは弱い犬だ、と意訳された。箸を置いて上体を向けると、彼は「だから、そういうとこ」と機先を制した。

「目が合ったとか肩がぶつかったとか、そんな簡単なことで怒る相手って、なんだか笑えるよ」

「笑える？」

「だって安っぽいじゃん。形だけ謝っといて、心の中で笑っとけばいい。そういう相手だけじゃなくて、たいていのことがそう。少し客観的に見れば、たいていのことは滑稽なんだよ」

　安っぽい相手に熱くなる俺は、更に安っぽい。暗に、そう言われている。

「嫌だね。それこそ、弱い犬が諍《いさか》いを避ける術《すべ》じゃん」

「犬？　なにそれ」

思わず脳内の意訳を持ち出してしまった自分の馬鹿さ加減にもムカつきながら、俺は「なんでもねぇよ」と牛丼の残りをかき込んだ。

店を出ると、雨足が強くなっていた。二人とも傘は持っていなかった。俺はサウナスーツのフードをかぶって駆け出し、普通のトラックジャケットを着た彼は「ちょっと待ってよ」と言いながら追いかけてきた。

ムカつくことはすべて笑い飛ばす、それも一つの強さだと理解するには、俺はまだ若過ぎた。

そして、彼がどのような煩悶《はんもん》を繰り返しそう考えるに至ったか、彼の言う「たいていのこと」に当てはまらないこととはどんなものなのか、想像すらしない馬鹿者だった——。


その懐かしい牛丼屋が、コンビニエンスストアになっていた。たまに奮発して行った焼肉屋は携帯ショップに変わり、しょっちゅう通った銭湯は建物ごとなくなってマンションになっている。

「三十年近く経《た》つもんな、変わって当たり前か」

そう独《ひと》り言《ご》ち、俺は雨に濡《ぬ》れた商店街を間違い探しをするように歩き、こぎれいな住宅街になったかつての工場街を抜けた。目的地は近かったが、急ぐ必要もないと思い土手に上がった。

濡れた土と草のにおいがした。懐かしいが、昔とは少し違う。工場街がなくなって川の水質が改善されたのか、川面《かわも》に泡立ったところはなく、ツンとしたにおいもない。排気ガスも、あの頃よりはマシになっているのだろう。

強くなった雨が、ビニール傘を打った。しかし俺の眼裏《まなうら》には、西日に照らされてオレンジ色に煌《きら》めく川面が映っていた。続いて、くるくる回る犬の頭も思い出された。

両岸には高層マンションや商業ビルが増えているが、川下に見えるＪＲの鉄橋と県道の橋は変わらない。その県道の向こう岸が、彼と初めて出会った場所だった。

風が、俺を急《せ》かすように強く吹きつけた。

いつまでも懐かしんでいたってしょうがない。もう行けよ。

そう言われているような気がして、俺はポケットから黒いネクタイを取り出した。

＊＊＊

参列者にはボクシング関係者が多かった。

焼香を待つ列は、小さな会場からホールにあふれている。

俺をはじめ、元選手やジム運営に携わる者には腹の出たのもいるが、若者は細身の者が多い。喪服姿に、痣《あざ》を隠すためかサングラスやハットを着けた者もかなりいて、ウォルト・ジャブスコの行列みたいに見えた。

焼香だけして帰るつもりだったが、懐かしい顔もあったので、俺は通夜振る舞いの会食にも参加した。

「参列者の数だけは盛大な通夜だ」

「業界を離れて、かなり経つはずだが」

そんな会話が聞こえた。現役でそこそこ有名な選手もいて、その周りには人だかりができている。

何人かに挨拶し、寿司《すし》を二貫ほどつまんで帰ろうとしたら「イチさん」と声を掛けられた。俺と三度もグラブを交えた尹寅徳《ユンインドク》だった。彼は引退後、息子《むすこ》のトレーナーをやる傍ら、水道橋《すいどうばし》で焼肉店を開店した。その息子も引退して店の経営に集中しているから、というわけでもないだろうが、前回会ったときよりかなり太っていた。

「尹さん、久し振り。ミドル級くらいあるんじゃない？」

「イチさんだって。あ、開店二十周年の花輪ありがとうね」

そんな言葉を交わしていると、尹と一緒にいた男が「俺にも気付け、イチ」と怒った。俺とジムメイトだった村本《むらもと》だ。

「悪い。禿《は》げ過ぎで分からなかった」

「それを言うな」

尹と村本は、俺にとっては不思議な組み合わせだった。だがすぐに、近くで店を経営している者同士だと気付いた。今では互いの店を行き来する関係だという。

「元ＯＰＢＦ（東洋太平洋ボクシング連盟）王者と四回戦ボーイか」

「それも言うな」

ときに通夜は、こういう同窓会的な場になる。亡くなった人が会わせてくれたのだと思うと、晩年の無沙汰を詫《わ》びたくもなる。

斎場を出る頃には雨は上がっていた。三人はネクタイを外して近くの居酒屋に入り、改めて故人に献杯した。懐かしい昔話と近況報告をし、最終的に景気が悪いという愚痴になってお開きとなったのは、午後八時頃だった。

ジムに戻ると、大勢がトレーニングをしていた。昼間、フルタイムで仕事をしている者達が中心だ。一人が俺に気付き、「お帰りんさい」と塩を持ってきてくれた。

俺は事務室に入ってパソコンを立ち上げ、写真のフォルダを開いた。古いプリント写真をスキャンしてまとめたフォルダだ。さっき見送った人物が映った一枚をプリントアウトし、小さな額に入れた。

その写真をデスクに立てて見つめていると、あの熱く濃密だった四年数ヶ月が、まざまざと思い起こされた。

二十歳《はたち》の頃、俺は千葉で港湾荷役として働いていた。

茨城の実家を飛び出し三年が経っていたが、クレーンやウィンチの資格はなく、フォークリフトの免許はあるものの、操縦はまだおぼつかない。従って仕事内容は大体、文字通り荷物を自力で運ぶ役だ。誰よりも肉体を酷使しているのに、給料は仕事仲間の中で最低ランクだった。

職場のおっさん連中は嫌な奴《やつ》ばかりで、仕事のあとで一緒に飲みに行くようなことはない。地元の友人の中には近くに住んでいる奴もいたが、高校中退の港湾荷役とサラリーマンでは懐事情に差があるし、大学生では話が合わないしで、俺の方から距離をとっていた。

世間は馬鹿に景気がいいのに俺だけ蚊帳《かや》の外という感じで、豊田《とよた》商事事件だとか一気飲みが流行《はや》って死者が出るなんてことも、俺にとっては同一線上にある、札ビラが飛び交う景気のいい狂騒的な出来事に思われた。

金はなく親しい友人もいない孤独な生活の中でも、楽しみはあった。一つは高校時代にハマったパンクやスカを聴くこと、そしてもう一つがボクシングだ。

もともと興味はあったが、田舎《いなか》には近くにジムもなかったし、高校にボクシング部もなかった。ただ千葉に落ち着いてすぐ、ＯＫ拳闘クラブという名のジムを見付けた。

プレハブ造りのボロいジムだが、西側が全面窓になっていて、夕方になると西日に照らされてオレンジ色に輝いて見えた。

すぐに入会しようとしたが、入会金と最低限の用具で三万円くらい必要だと言われ、いったん保留した。金を貯めている間、アルレドンド VS 浜田剛史《はまだつよし》（第一戦）やハグラー VS レナードに興奮しながらボクシング熱を高め、一年越しで入会できた。書類の入会動機の欄は、深く考えもせず『プロ志望』に✓を記した。世間の狂騒とは別の意味で、俺の頭の中も狂騒状態だった。

入会から一年が経っても、プロテストは受けていなかった。朝の出勤時に約五キロ、夕方にも職場からジムまでの約十キロをロードワークに充てていたが、肝心のジムワークが一日一時間程度では、ジムの方もゴーサインを出してくれない。

同時期にプロ志望で入会した六人は、半分が一ヶ月ほどで幽霊会員になり、二人がフィットネス会員に転向した。残るもう一人は父親が経営する会社で事務をやっている村本という奴で、金も時間もたっぷりある嫌な野郎だったが、既にC級ライセンスを取りデビューしていた。その試合は酷《ひど》い内容で〇―三の判定負けだったとはいえ、俺はちょっと焦っていた。

「まだ二十歳だろ？　ゆっくり確実に成長しな」

ＯＫジムの桶谷《おけたに》会長は、俺の心中を見透かしたみたいにそう励ましてくれた。

そんなある日の夕方、俺はいつものように港からジムに向かって走っていた。高速下の国道沿いを五キロ余り走り、県道との交差点で右折する前に一度立ち止まってストレッチをし、青信号と同時に全速力で約二百メートルの橋を一気に渡りきるのが、いつものルーティンだった。

この日、信号待ちをしていると、県道を挟んだ反対側で同じようにストレッチをしている男の姿が目に入った。俺の方はジャージとジョギングシューズだが、向こうはただのチノパンにＴシャツ、靴も普通のスニーカーのようだった。腰にウエストポーチ、背中にはリュックみたいなものを背負っている。

男はチラチラと俺の方を見ていた。なんとなく勝負を挑まれているような気がした。目が合い、俺は歩行者用の信号を指差した。「青でゴーだ」ということは伝わったようで、男は頷《うなず》いた。

信号が青になり、俺達は駆け出した。歩行者や自転車を避《よ》けながらの全力疾走で、当然、橋の両側では条件が異なる。上りの段階まではほぼ互角だった。しかし下りに入った直後、俺の前方にベビーカーを押す女性が歩いているのが見えた。俺はその脇をすり抜けるのに、スピードを緩めなければならなかった。

向こう岸に着いたのは、相手がその分だけ早かった。

俺は信号が変わるのを待ってから、男の方に向かった。男は文句でも言われると思ったのか、驚いた顔で身構えた。俺は敵意はないと示すように両手を挙げ「参った、速いなあ」と笑いながら近付いた。男は目を逸《そ》らし「ごご、ごめんなさい」と謝った。背負っていたのはリュックではなく、持ち手の部分を両腕に通した竹製の籠だった。『中村《なかむら》豆腐店』と書かれている。

「謝ることないよ。俺、一年くらいここを走ってるんだけど、俺より速く渡りきる奴がいるなんて思わなかった」

「乳母車、避けてたから」

「うわぁ、こっちを気にしながら走ってたのかよ。あれは言い訳にならない。なんかやってるの？　陸上とか」

男は俯《うつむ》いたまま首を横に振った。

「そりゃ、なおさら傷付く。でもなんで一緒に走ろうと？」

男は背中の籠を指差し「配達のあとで」と話し始めた。豆腐屋で働いており、いつもこれくらいの時間に配達を終える、同じ時間に同じルートを通るので、かなり以前から俺の存在に気付いていた、気持ちよさそうなので自分も走ってみることにした……そういったことを随所に「ごめんなさい」を織り交ぜながら説明した。

「だから謝らなくていいって。なんだ、もっと早く気付けばよかった」

「え？」

「一人で走ってても退屈だし、この橋のところだけでも一緒に走ってくれれば、俺も張り合いが出る。これからは一緒に走ろう」

男はまた俯いた。なんだか、俺の好意的な態度に戸惑《とまど》っているみたいだった。

「い、いいの？」

「いやいや、俺が頼んでんの」

男は「じゃあ、よろしくお願いします」と頭を下げた。それから慌てて「田部井辰巳《たべいたつみ》っていいます」と名乗った。小柄で童顔なので意外だったが、俺より四つも年上だった。

「藤波辰爾《ふじなみたつみ》と一緒のタツミか、かっこいいね。じゃあ、たっちゃんて呼ぶよ」

「あ、あ、うん」

「俺は五道一郎《ごどういちろう》ってんだ。職場でもジムでもイチって呼ばれてる」

たっちゃんは申し訳なさそうに「じゃあ、いっくんて呼んでいい？」と訊《たず》ねた。

「いっくんか。なんか子供っぽいけど、いいよ」

「あと、ジムってなに？」

俺がボクシングジムに通っているのだと言うと、たっちゃんは「へぇ」と顔を輝かせた。

「まだプロじゃないんだけどね、目指してる。一緒にやる？」

話の流れ上の、ほんの軽い気持ちだった。とても殴り合いをするタイプには見えない。しかしたっちゃんは、また少し沈黙した後で「考えとく」と答えた。

翌日から、俺とたっちゃんは夕方五時半頃に落ち合って、一緒に走るようになった。そのうち橋を渡るだけでなく、川沿いをＯＫジム近くまで五キロほど走るようになった。

土手の下の河川敷には痩せた小汚い野良犬が住み着いていて、俺達を見掛けると百メートルくらい追いかけてくるようになった。俺達と遊びたいようにも見えたが、土手の上には決して上がってこなかった。

「捨て犬だね、首輪してる」

その犬の存在に気付いてすぐ、たっちゃんが言った。

「迷い犬かもよ。ちょっとハスキー混じってるな」

「捨てられたんだよ……あいつ、豆腐は食べないかな」

「食わねぇだろ」

「じゃあ、油揚げは？」

「食わねぇよ、キツネじゃないんだから」

結局、餌を与えたりはせず、付かず離れずの関係が続いた。でも俺達はなんとなく、そいつを三人目の相棒のように思っていた。

たっちゃんは俺以上に孤独だった。

群馬の実家は貧しく、幼い頃から着ているものはいつもボロボロで頭もボサボサ、勉強も運動も苦手で身体《からだ》も小さかった。それらをからかわれ、小学生の頃からずっといじめられっ子で友達はいなかった。父親は職工だったが酒癖が悪く、金をほとんど家に入れないばかりか、母親にもたっちゃんにも暴力を振るう男だった。母親は優しかったものの、たっちゃんにとっては家も決して安息の地とは呼べなかった。

母親は父親の暴力に耐えかねてか、たっちゃんが小六のときにいなくなった。たっちゃんも中学卒業と同時に群馬を出た。

「最初は東京に行ったんだけど、人の多さにびっくりしちゃって、千葉まで流れてきたんだ」

「俺も似たようなもんだ。渋谷《しぶや》の雑踏と道の複雑さに面食らって、千葉まで逆戻り。ここなら生きてけそうだって」

縁《ゆかり》も所縁もない千葉に流れ着いたたっちゃんは、住み込みの新聞配達に始まり、コンビニ、スーパー、居酒屋店員と職を転々としながら、客対応が極端に苦手なことを自覚。消去法で仕事を選んでいたら、朝が早くて黙々と仕事をする時間が長く、人と接する機会は配達くらいで特定の人物に限られるこの仕事に落ち着いた。

中村豆腐店の人達は職人気質《かたぎ》で無口な人が多く、配達先の客も仕込みで忙しい時間帯なのでおしゃべりなどしない。休日はアパートで漫画を読んだりゲームをしたりで、二十四歳のこのときでも友達と呼べる存在は皆無だった。

「これまた似たようなもんだ。俺も昔の友人とは距離とってるし」

「え、なんで？」

「会ったって、車の話か女の話だ。つまんねぇもん」

「つまんない……」

「あ、別にあっちじゃないよ。めちゃめちゃ女好き」

そんなふうに少しずつお互いのことを話し、一ヶ月が経った。いつものようにジムの近くまで一緒に走り、俺は「じゃ、また明日」と行こうとした。そのとき、たっちゃんが「見学していこっかな」と呟《つぶや》いた。なんだか、意を決した、という感じだった。実は俺は、彼がこっそりジムを覗《のぞ》いていることを知っていた。

土手の下の河川敷で、例の犬が馬鹿みたいに自分の尻尾《しっぽ》を追いかけてぐるぐる回っていた。

「金ある？」

俺が訊ねると、たっちゃんは「あ、ちょっと待って」とポケットに手を突っ込んだ。

「今じゃなくて、貯金とか。最低三万くらいかかるんだよ」

「見学に？　うん、それくらいなら」

「おぉ、金持ち」

「でもそれ、原付の免許を取ろうと思って貯めてて。配達の範囲、広がるし」

「そんなのいつでもいいよ。とにかく行こう」

俺は西日を浴びて土手の上に突っ立っているたっちゃんの手を引いてジムに連れて行った。そして、その場で入会手続きを取らせた。たっちゃんは入会動機の欄を見て「う～ん」と唸《うな》った。

十年くらいかかりそうだったので、俺はペンを取り上げて『プロ志望』に✓を入れた。

たっちゃんの仕事は早朝——というか深夜？——三時の始業で、正午から午後四時までの長い中休みがあるが、夕方の配達時間にはまた戻らなくてはならない。たっちゃんは中休みにジムへ行き、配達を終えた後でこれまでどおり俺と一緒に走ることにした。彼にとっては一日の仕上げの、俺にとってはジムワーク前のロードワークということだ。

そんなわけで俺達が一緒にジムワークをするのは、土曜日のごく限られた時間しかない。

「おいイチ、あの田部井っての、どこで見付けたんだ」

数日後の平日夕方、同期の村本が訊ねてきた。聞けば、たっちゃんはロープスキッピングをやらせれば小学生の縄跳びより下手《へた》だし、シャドーを教えてもド素人《しろうと》丸出しの猫パンチだという。

「面白いおもちゃを見付けたもんだなぁ」

そこに、ジム最古参のプロ選手、フェザー級のB級ボクサーである平井《ひらい》が「あれは笑うわ」と加わった。

「ダイエット目的のおばちゃんの方がマシだ。まぁ、可愛《かわい》がってやるよ」

平井と村本は、ジム中に聞こえる声で笑った。会長やトレーナーが事務室で会議をしていたこともあって、他の練習生達も控えめだが笑っていた。

「ロープもシャドーも、誰だって初めから上手《うま》くできたわけじゃないだろ」

俺はシューズを履きながら吐き捨てるように言った。すると平井が「なんだよ、その言い方」と肩を小突いた。俺は言い返したいのをグッとこらえて「村本に言ったんです」と答えた。

悪い予感はしていた。小学生の頃からずっといじめられっ子だった奴は、自分が変わらない限り大人になってもずっと同じだ。あからさまないじめはなくなるかもしれないが、陰で笑いものにされるか、暇つぶしのいじりの種といったところだ。

「村本や平井さんに、なんか言われたりしてないか」

翌日のロードワーク中、俺はたっちゃんに訊ねた。彼は首を捻《ひね》って「別に」と答えたが、俺には嘘《うそ》だと分かった。

嘘を吐《つ》いたり適当な返事でごまかしたりするとき、たっちゃんは右の眉をピクリと上げる癖がある。それまでも「仕事は順調？」「ジムで困ったことはない？」といった話のときに見られたが、深く問い質《ただ》すようなことはしなかった。しかしこのときの俺は違った。

「本当に？」

念を押すように問うと、飲み物を買いに行かされたり掃除当番を代わるように言われたりしていると白状した。おそらくそれは控えめな告白で、きっと酷い悪口や無意味なしごきもあるに違いない。

「そんなこと、やる必要ない」

「いいんだ。僕、いちばん新人だし、そういうの慣れてるから」

「だから慣れちゃ駄目なんだって、そういうのは！」

俺の怒りは、たっちゃんの方へも向いていた。彼は「ご、ごめん」と謝ったが、それにも無性に腹が立った。

「いいかい、たっちゃん」

俺は土手の上で立ち止まり、言った。

村本はなんの苦労もなく育ったボンボンで、おっさんになってから「俺は元プロボクサーだ」と粋がるためにライセンスを取ったような半端者だ。平井はA級に手が届かない、つまりB級で三年もやって二勝できていない、しかも会長に隠れて煙草《タバコ》を吸っているようなクズボクサーだ。そんな奴らに顎で使われることはない。

「でも……」

「いいから聞けって」

土曜日のジムワークしか一緒にやっていないが、それでも俺には分かる。たっちゃんのスタミナとパワーは、俺よりずっとすごい。俺が勝っているのは、身体の柔軟性くらいだ。

腕立て腹筋はまったく息を切らさずやってのけるし、なによりサンドバッグを叩《たた》かせると、せいぜいバンタム級の身体なのに、ジム内の誰よりも重い音を響かせることがある。

「チェーンでつないでる鉄骨がギシギシ音を立てて、ジム全体が揺れるくらいだ。十発に一発くらいだから村本達は気付いてないけど、桶谷会長が目を丸くしてたのを俺は知ってる」

下半身の基礎ができていることは、俺も一緒に走っていて気付いていた。銭湯やサウナに行ったこともあるので、もともと筋肉質な身体であることも知っていた。だがサンドバッグの件は、本当に度肝を抜かれた。ところが、だ。

「ミット打ち、駄目だよなあ。ぽすんぽすんて、会長も風呂の屁《へ》かよって、違う意味で目を丸くしてただろ」

これはたぶん、ミット打ちとはいえ人に向かって拳《こぶし》を振るうという行為に抵抗があるせいだ。すごいところも駄目なところも、いかにもたっちゃんらしい。

「じゃあ、どうすればいいの？」

まず、夕方のロードワークにシャドーを盛り込む。一緒に練習できる土曜日とジムが休みの水曜日は、縄跳《ロープ》びとミット打ちを俺が付きっ切りで教える。俺も素人に毛が生えた程度だが、一年も先輩なのだ。教えられることは少なくない。

そうして、俺達の特訓が始まった。

「左を出して右出してって考えるからぎこちないんだ。なにも考えられなくなるまで繰り返して、身体に染み込ませた動きしか、リングでは出せないんだよ」

元来の真面目《まじめ》な性格もあって、たっちゃんは俺の指導を素直に受け入れた。すべてをスポンジのように吸収し、ミット打ちへの抵抗も一ヶ月ほどで克服した。

それをジムで披露すると、二人いるトレーナーが揃《そろ》って「交替で受けなきゃ手首がもたねぇよ」と言うほどの評価をもらった。

「村本、ミット受けてやってくれよ。平井さんでもいいや」

俺は自分のことのように嬉《うれ》しくて、そんなことを言った。二人とも、もうたっちゃんを使い走りにしようとはしなかった。

「こりゃ、認めるしかないな。使えるよ」

桶谷会長はそう言って、入会半年足らずのたっちゃんにプロテストを受けるよう勧めた。入会一年半の俺と同時の受験だった。

満を持しての俺は、筆記も実技も充分に手応えがあった。たっちゃんの方は二ラウンドのスパーリングで危なっかしいところもあったが、めでたく二人揃ってC級ライセンスを取得した。俺はフェザー級、たっちゃんは三階級軽いジュニアバンタム級だった。

それから俺達のジムワークは、デビュー戦に向けてスパーリング中心となった。土曜日に見る限り、たっちゃんはスパーリングを重ねるごとに強くなっているように思われた。特に距離を潰しての身体の押し合いからボディへのショートパンチには見るべきものがあり、自分より重いジュニアライト級の先輩選手をロープ際まで押し込み、マウスピースを吐き出させたこともあった。

そんなある平日の練習後、俺は桶谷会長に呼び出された。バンデージを解きながら事務室に行くと、会長は極端に目を離してボクシング雑誌を読んでいた。

「老眼っすか?」

「おう、始まっちまったようだ。老眼鏡、作らねぇとなぁ」

会長はそう言って笑い、俺を来客用のソファに座らせた。そして調子はどうか、デビュー戦の相手は三人ほど候補がいるが、どういうタイプの選手とやりたいか、などと話した。俺はできるだけ弱い奴、などと言えるわけもなく「誰でもぶっ倒してやりますよ」と笑って答えた。会長も「そりゃ頼もしい」と笑った。だが直後、笑みを消してこう言った。

「イチ、田部井は駄目だ。このままじゃプロとして使えない」

会長曰《いわ》く、たっちゃんにはパンチを打つ前に一瞬だけ躊躇《ちゅうちょ》する癖がある。人を殴るというのは、非日常の行為だ。アマで豊富な経験があるとか、よほど喧嘩三昧だった者を除けば、誰しも多かれ少なかれためらいはある。イチもそうだったが、お前の場合、それはわりと簡単に払拭することができた。

「これまで百人近くデビューさせてきたが、どうしてもその癖を拭えない奴がいるんだ。田部井の場合、過去最大級に重症だ」

「でもパンチはあるし、押《お》し相撲《ずもう》も強い。躊躇と言っても、ほんの一瞬なんでしょ」

「その一瞬が命取りになる世界にきたんだよ、お前らは」

俺は、解いたバンデージを丸める手を止めた。そうだ、命取りというのは比喩ではない。俺は危険な競技であることを、入会前から充分に理解している。問題は、もともとボクシング好きでもなく、腹をくくる暇もなく俺に引き入れられた、あの人のいい豆腐屋だ。

「引導を渡すなら、俺よりイチから言うのが筋だろう」

「このままじゃ、って言いましたよね。どうすれば」

俺がそう言うのを待っていたみたいに、会長は「もし一試合だけでもと言うなら」と、こんな条件を出した。同じくデビュー戦でアマ経験のない相手がいれば、田部井に試合をやらせてもいい。しかし試合中に少しでも癖が出たら、迷わずタオルを投げる。そして、もう次はない。

「これも、お前から伝える方がいいだろう。ミット打ちのときみたいに、あいつを変えてみな」

二人で密《ひそ》かに練習していたことまで知られている。事務室の引き出しに大量の裏ビデオを隠し持っているただのエロ親父《おやじ》だと思っていたが、この人はなかなかの人物なのかもしれない。

「分かりました。やってみます」

俺はそう答え、ソファから立ち上がった。

ジムが休みの水曜日、俺は夕方のロードワーク後にたっちゃんを食事に誘った。たっちゃんは八時には寝るので、これまでは牛丼屋か定食屋で小一時間おしゃべりするだけだったが、この日は少し長くなるかもしれないと思い、ファミレスに入った。

たっちゃんは緊張した面持ちで「こういうとこ、初めて」と呟いた。驚きはしたが「何個あんだよ、初めて」とは言わなかった。一緒に後楽園《こうらくえん》ホールに行ったときも、その帰りにサウナに寄ったときも、同じことを言っていた。いちいち驚いていたらきりがない。

「一杯だけ飲もうか。まさか初めてじゃないよな」

「うん」

俺はまず、たっちゃんの覚悟を確認したかった。ジムへの入会は俺が強引にさせたものだし、プロ志望の欄に✓を入れたのも俺だ。もし彼がライセンスを取るつもりなどなかったと言うなら、そもそもデビュー戦など望んでいないのではないか。そんな楽観的な気分で、俺はグラスビールで乾杯した直後「プロボクサーになるのやめたら？」と切り出した。

たっちゃんはグラスを口元で止めて、ぐびりと喉を鳴らした。そして大きく目を見開き「なんでそんなこと言うの？」と言った。

「誘っといて悪いけど、やっぱたっちゃんは殴り合いに向いてないと思うんだ。一応、目標だったライセンスも取れたんだし、もういいんじゃないかなって……」

「いやだ」

大きく見開かれていた目が閉じられ、口元が歪《ゆが》んだ。瞼《まぶた》の間から大粒の泪《なみだ》があふれ、喉の奥から「なんで」「いやだ」と繰り返し唸るような声が漏れた。

隣のボックス席のカップルが、こちらを見ていた。俺と目が合うと、女性の方が口を両手で覆った。明らかに笑っている。

「僕、なにかした？　いっくんの気に障ることした？」

震える泣き声で、たっちゃんが絞り出すように言った。

プロボクサーをやめても、ジムには一般の練習生として通えばいい。夕方に一緒に走るのも、これまで通り続ける。俺達の関係は何一つ変わりはしない。

そう言ったのだが、たっちゃんは「それじゃいやだっ」と語気を強めた。

「僕、ずっとみんなに嫌われてた。同級生だけじゃない、教師や父さんにまで。こっちにきてからも、いいことなんか一つもなくて、僕はずっと一人なんだと思ってた。けどいっくんと会って、いろいろ話をして、ずっと一緒にいたいって思ったんだ。そのために、ボクシングは絶対に必要なものだ。ただ続けるだけじゃ駄目なんだ。いっくんがプロになるなら、僕もプロじゃなきゃ」

それではまるで、たっちゃんは俺と一緒にいたいがためにプロのリングに上がるみたいではないか。並走して、苦しい思いも景色も共有するみたいに。

そんなのは間違っている。そう思ったが、言葉が出なかった。俺にとってのたっちゃんに比べて、彼にとっての俺が、これほど大きな存在だとは思ってもいなかった。

俺はたっちゃんから目を逸らした。隣のカップルはいつの間にか並んで座っていた。旅行代理店のパンフレットをいくつも広げて話している。ときどき女が「やだー」「うそー」とはしゃぐ。

こいつらほどではないが、たっちゃんにも人をイライラさせる才能がある。二十四歳にもなって初めてが多すぎることもそうだし、何事も自分一人で決められないところも、一緒にいる者を苛《いら》つかせる。ついさっきも、十分もメニューとにらめっこして、結局は俺と同じチキングリルのセットを注文した。出会い方が違っていたら、俺だって村本や平井と同じように、彼を使い走りにしていたかもしれない。

「一緒にリングには上がれないよ。それは分かってるよね」

そのたっちゃんが、こんなにも強く自己主張している。こちら側に引き込んだ者として、やれることはやらなければならないのだろう。

「村本と平井さんを黙らせたときと同じだ。今度はデビュー戦で、会長を黙らせる」

そしていずれは、世間の奴らを黙らせるのだ。この浮かれた世間の奴ら、全員を。

「いいね」

たっちゃんは泪を拭い、頷いた。それから俺は、会長が言った彼の癖のこと、デビュー戦の条件のことを伝えた。

俺とたっちゃんは、二ヶ月後の同じ日にデビューすることが決まった。会場は後楽園ホール。

全試合四回戦という小さな興行の、俺は第五試合、たっちゃんは第二試合だった。

　ファイトマネー六万円のうち、半額はマッチメイク料プラス諸経費として差し引かれる。残りの三万円も現金でもらえるわけではなく、試合のチケットで渡される。これを売った分だけが現金収入となる。あまり頼りたくはなかったが、俺は東京近郊にいる旧友達にすべて買ってもらった。友達のいないたっちゃんの分も、半分くらいは捌《さば》くことができた。

「まだ完全じゃないが、田部井はずいぶんマシになった。お前、なにをやったんだ？」

　対戦相手の過去の試合をビデオで観たあと、桶谷会長が俺に訊ねた。俺は「ただ一生懸命に練習しただけです」と答えた。

「こんな短期間で臆病風を払拭できるなんて、たいしたもんだ。それとも、俺の目が老眼で霞《かす》んでたのか？」

　たっちゃんが変わった瞬間が、俺には分かっていた。だがそれは誰にも言えない。

　あのファミレスでの夜以降、俺とたっちゃんは河川敷や神社の境内でシャドーとマスボクシングをひたすら繰り返した。マスはいわゆる寸止めなのだが、俺はたっちゃんが少しでもためらいを見せると「ほら、そこ！」と平手で頰を叩いた。

　練習以外でも、俺の部屋でボクシングの雑誌やビデオをたくさんみせた。気持ちが昂《たかぶ》るのではないかと、クラッシュやスペシャルズといったバンドのカセットテープを聴かせてみたりもした。

　それらも効果がなかったとは思わないが、最も大きく作用したのは「対戦相手のことを、たっちゃんをいじめた同級生や、なにもしてくれなかった教師や、暴力親父だと思ってみたら？　そいつらをボコボコにしてやるんだよ」という言葉だったと思う。

練習後、銭湯に行ったときのことだった。俺のその言葉に、たっちゃんは黙り込んだ。鼻の下ぎりぎりまで湯につかり、ぶくぶくと口から空気を出していた。

俺はなにか悪いことを言ったような気がして、初めての減量への不安やなんかに話題を変えたのだが、それでもたっちゃんは黙ったままだった。と思ったら、俺の声を遮るみたいにじゃぶんと湯に頭を沈めた。一分かそれ以上、ちょっと心配になるほどもぐっていた。

やっと顔を上げると、その目は真っ赤になっていた。そして、

「優しいと思ってた母さんだって、そうじゃなかったしね」

震える唇から、そんな言葉があふれ出た。

その翌日から、たっちゃんの躊躇は消えた。

「いろんな薬を与えまくって治ったんだけど、結局どれが効いたのか分かんない。そんな感じですかね」

俺の曖昧な説明に、桶谷会長は「そんな感じねぇ」と笑った。

「試合中に少しでも例の癖が出たら、即タオルを投げる。そっちはまだ生きてるからな」

「大丈夫ですよ、たぶん」

そして、デビュー戦の日がやってきた。

間に二試合あるとはいえ全試合が四回戦なので、本来なら俺は控え室で準備をしていなければならなかった。小さなモニターで試合は確認できるのだが、第二試合が近付くといてもたってても

いられなくなった。俺は「通路でダッシュしてきます」と嘘を吐いて、リングを見下ろすテラスに向かった。

　この日リングに上がるのは無名の選手ばかりなので、席は半分くらいしか埋まっていない。そのうち三割ほどが出場選手の家族や友人、仕事仲間など。彼らは目当ての選手の試合しか観戦せず、一試合ごとに入れ替わる。二割はコアなボクシングファン。こういう小さな興行にまで足を運ぶのは無名の新人をいち早く見付けるためで、コア中のコアだ。残る五割は出場選手のジム関係者や現役ボクサー、元ボクサー達。つまり観客の七割は、目が肥えている。

『青コーナーより田部井辰巳選手の入場です』

　リングアナはおらず、スピーカーから事務的な声でアナウンスが流れた。まばらな拍手の中、会長とトレーナーに付き添われ、首にタオルを掛けたたっちゃんがリングに上がった。

　会長が言った条件の通り、対戦相手はアマ経験がないデビュー戦の選手だった。ただ見るからに元不良少年、というか現役感バリバリ仏恥義理夜露死苦《ぶっちぎりよろしく》系のヤンキーだった。登場もデビュー戦とは思えないほど盛大で、大勢の魔武駄致《まぶだち》が花道を作っていた。

　レフェリーの説明を受けるたっちゃんは、ずっとマットに目を落としていた。身長は相手の方が十センチくらい高い。リーチ差はもっとあるかもしれない。カツアゲでもされているような構図だった。

「アキさん、ぶっ殺しちゃってええべ！」

　赤コーナー側の応援団から、そんな声が飛んだ。

「たっちゃん、ビビんな！　練習通りやりゃあ勝てるぞ！」

思わず俺は叫んでいた。会長がきょろきょろして俺を見付け、なにやってんだ戻れ、というふうに控え室の方を強く指差した。

戻るわけにはいかなかった。会長は何度もテラスを見上げて俺に拳を見せたりしていたが、第一ラウンドのゴングが鳴ってからはさすがにあきらめて試合に集中した。

開始早々、相手は見た目通り、いきなりのラッシュを見せた。ガードなどまったくせず、ジャブもストレートもなく、ただ両腕をフック気味にぶん回す。すべてたっちゃんのガードの上からのパンチだったが、赤コーナーの応援団は異常に盛り上がった。

「なにやってんだアキ、喧嘩じゃねぇって言ってんだろうが！　基本だよ基本！」

赤コーナーのセコンドからは、対照的なアドバイスが飛ぶ。

一方、青コーナーでは桶谷会長がタオルを握りしめたまま試合の行方を見つめている。いつでも投げ込む準備ができている態勢だ。たっちゃんはたまにジャブを出し、それは相手の顔面とボディに的確にヒットしていたが、踏み込みが甘いのかダメージを与えられるほどではない。

二分を過ぎると、打ち続けた相手は既にへろへろだった。パンチに足がついて行かず、上体が流れる。残り三十秒、大きな右スイングを空振りすると、よたよたとロープ際までよろけた。

たっちゃんがそのあとを追い、ぐんと低い体勢をとった。ボディへの右だ。と思ったら、後方からのパンチで反則になると判断したのか、途中で打つのをやめた。

次の瞬間、相手が振り向きざまに左を打ち下ろした。たっちゃんの位置も確認せず、闇雲にぶん回したようなパンチだった。それがたまたま、頭を下げていたたっちゃんのテンプル《こめかみ》にヒットした。たっちゃんはバランスを崩し、グラブをマットについてしまった。

ダウンを取られた。ダメージはなさそうだが、これでポイントは確実に取られた。

そして、ゴング。赤コーナーの応援団が、盛大な拍手でへろへろのヤンキーを迎えた。

「会長、さっきのはためらったわけじゃない。反則になると思って打つのをやめたんだ」

俺の声は届いたはずだが、会長は振り返らずにたっちゃんの耳元で指示を出していた。

そして第二ラウンド。セコンドに叱られ、自分でも四ラウンドもたないと分かったようで、相手はガードを上げてジャブを使い始めた。だが疲れは残っていて、遅い。たっちゃんは頭を振り相手の左側に円を描くようにサークリングしながら、鋭いジャブを刺す。相手の顔がポンポンと撥《は》ね上がる。腹を立てた相手が、また力任せの右を打つ。たっちゃんは懐に飛び込むタイミングを計るが、上体を仰《の》け反《ぞ》らせるスウェーバックが大きすぎる。踏み込みがワンテンポ遅くなり、二度も大きな右を食らってしまった。

好機と見た相手の攻撃が、右一辺倒になった。明らかに初動が大きい。たっちゃんは三度目の踏み込みでパンチをかいくぐり、下半身の力を充分に効かせた強烈な右ボディを見舞った。ジムの鉄骨を軋《きし》ませ、トレーナーの手首を壊しそうになったあのパンチが、ドンという重い音とともに練習不足のヤンキーの脇腹にめり込んだ。

相手は情けない呻《うめ》き声を上げ、腹を抱えて膝をついた。一分三十秒、ダウンを奪い返した。俺は言葉にならない叫び声を上げていた。会場の方々からも「おぉ」「上手い」と声が漏れた。

マウスピースを吐き出し悶絶《もんぜつ》しながらも、相手はカウントエイトで立ち上がった。その顔は怒りで歪んでいた。

赤コーナーからは「焦るなよ、ここからだぞ」とアドバイスが飛んだが、相手は完全に冷静さをなくしていた。どたどたした足取りでたっちゃんをコーナーに追い込み、フックを見舞う。たっちゃんがガードを固めると、左のグラブで強引にガードを広げたり、頭を上げさせようとする。まるで喧嘩だ。

「いけいけ、アキさん！」

応援団からそんな声が飛んだが、同時にどこかのジムの関係者が「おい、反則だよレフェリー」と叫んだ。

ガツン！ と大きな音が響いた。相手を押し戻し、たっちゃんが前に出たときだった。ふらついて大きく仰け反った相手が前傾姿勢に戻る勢いで、その頭をたっちゃんの左目辺りにぶつけたのだ。

右をいくつかもらって腫れていた箇所から、血が噴き出た。相手選手が襲いかかろうとしたが、レフェリーが割って入って止めた。ドクターチェックの間、赤コーナー付近からは「いいぞアキさん」、そのほかの方々からは「故意だろ、今のは」といった声が上がった。

偶然のバッティングと判断され試合は続行されたが、残りの二ラウンドは酷い内容だった。相手選手はたっちゃんの左目ばかりを狙い、それもパンチだけでなく、クリンチで抱きついた際には明らかに肩やグラブでぐりぐりと傷を広げようとした。左目がほとんど見えないたっちゃんは、第三ラウンドと第四ラウンドに一度ずつ大きな右を食らってダウンを喫した。

　第四ラウンドのダウンから立ち上がった直後、今度はたっちゃんの右フックが顎に決まり、ダウンを奪い返した。このとき、ホールはその日いちばんの大声援に包まれた。七割の目の肥えた観客が、全員たっちゃんを応援しているようだった。

　ずっと冷静だった桶谷会長も、興奮して叫んでいた。そして試合終了直後にはリングに飛び込み、たっちゃんを強く抱きしめた。入場時のパラパラの拍手が嘘のように、ホールは拍手と足踏みと声援で沸いた。空気がビリビリと振動し、比喩ではなく、実際に少し揺れていた。

　判定は〇―二で、たっちゃんの負けだった。ジャッジ三人のうち一人は、相手の戦い方にダウン一つ分のマイナスポイントを付けてドローにしたということだ。

「久々に興奮しちまったよ、ちくしょう」

　控え室に戻った俺をこっぴどく叱りつけた後、会長はそんなことを言った。ひとまず合格、次の試合を組まないということはないようだった。

　たっちゃんは既にいなかった。サポートできていた村本に連れられて、病院に直行したとのことだった。


　俺のデビュー戦は、判定一―〇のドローだった。一人のジャッジが俺に三ラウンド付けてくれたのは嬉しかったが、桶谷会長には「試合直前の大切な時間にミット打ちが足りなかったぶん、一ポイント届かなかったな」と嫌みを言われた。試合内容はショボかったと自分でも思う。インターバルを入れて十五分間、ホールはシンとしたままで、たっちゃんの試合とは比べものにならなかった。俺のボクシングで世間の奴らを黙らせるんだ、と思っていたが、こうじゃない。

たっちゃんは五日後にジムワークを再開した。左瞼を七針縫ったが、目にも脳にも異常はなく俺は安心した。

「職場の人に傷のことを訊《き》かれて、バレちゃった」

大きな絆創膏《ばんそうこう》を指差し、たっちゃんは苦笑いを見せた。豆腐屋にボクシングをやっていることを秘密にしていたことにも俺は驚いたが、試合の翌日も仕事をしたということにはもっと驚いた。

職人気質で無口な中村豆腐店の人達は「なんで黙ってた」と怒ったという。そして「次の試合が決まったら教えろ。チケットも買ってやる」と言ってくれたそうだ。たっちゃんは「困るなぁ」「嫌だなぁ」と繰り返していたが、なんだか嬉しそうだった。

俺のファイトマネーは、手取りで三万円だった。たっちゃんはチケットを売り切ることができず二万円弱だったが、二千五百円の上乗せがあった。あの第二試合が、興行の最高試合に選出されたのだ。報奨金は勝者にのみ贈られるのだが、相手ジムの会長がヤンキーを伴ってOKジムを訪れ、半額を渡してくれた。

「本来なら全額差し上げたいくらいだが、この馬鹿も反省してるんで。田部井選手のおかげで頂ける一万円だということは、きつく言っておきましたから」

その会長は、ヤンキーともども深々と頭を下げた。更には「田部井選手はいいインファイターになる。うちに戦わせたいのがいるので、そのうちまた」とも言い添えた。

桶谷会長は即答を避けたが、その選手のことは知っていた。高校時代は全国大会の常連で、かなりのテクニシャンらしい。

俺とたっちゃんは、二人だけでデビューのお祝い兼残念会をやることにした。俺のアパートで試合のビデオを観て気付いたことを指摘し合ったあと、奮発して商店街の焼肉屋に行った。

「あんだけ練習して、ボコボコに殴られて、受け取る金はこれっぽっちなんだな」

「うん、なんだかおかしいね。でも悪くない気分」

「あぁ、景気のいい世の中で、なに非効率なことやってんのって言われるかもしれないけど、そこが痛快だ」

「次は絶対、祝勝会だね」

二人とも初めて経験する解放感の中で、よくしゃべり、よく笑い、よく食べた。酒も少し飲んだ。

根拠もなく、いつか輝ける明日というやつが俺達にも訪れるのだという気がしていた。

焼肉屋を出て繁華街に向かうと、イルミネーションと山下達郎《やましたたつろう》の曲でクリスマスが近いのだと知った。その年はテレビや新聞が自粛ムードを煽《あお》っていて、イルミネーションも例年より控えめではあったが、行き交う人々は「それはそれとして」という感じだ。俺達も、なんだかデビューを祝福されているような気がして、いつもなら唾を吐いて通り過ぎる喧騒《けんそう》の中に飛び込んだ。

クリスマスツリーを見上げたり、サンタの仮装をした女の子を眺めたりしたあと、もう少しだけ飲もうとカラオケパブに入った。小さなステージがあって、ほかの客の前で歌うタイプの店だ。

備え付けの用紙に歌いたい曲を書いて店員に渡すシステムで、曲名の他に氏名やメッセージを書いておくと、進行役がイントロ中に『続いては○○さんで××』『お誕生日おめでとう』などと紹介してくれる。

　店内は大学生の合コンと思《おぼ》しき団体や、若いカップルなどでほぼ満席だった。キョロキョロして落ち着かないたっちゃんに「こういう店も初めて?」と訊ねると、彼は大きく頷いてからハッとした表情になり「絶対に歌わないよ」と言った。

　俺はビールとカクテルで勢いをつけて、ラフィンノーズの「聖者が街にやってくる」を歌った。他のテーブルも盛り上がり、大合唱になった。アンコールまで求められ「ゲット・ザ・グローリー」を歌うと、赤白ボーダーシャツの知らない男がステージにやってきて一緒に肩を組み「ゲ・ゲ・ゲッザ・グローリー!」とやった。ステージを下りると、その男の合コン席にいたミカちゃんという女の子が「邪魔してごめんね〜」と謝りにきて、俺とたっちゃんに一杯ずつおごってくれた。

「戻らなくていいの?」

「いいのいいの。あっち、つまんないし」

　合コンの席ではちょっと浮いていたようで、ミカちゃんは俺達のテーブルに居座った。確かに他の子に比べて地味な服装で、化粧気もない。でもどこか人懐っこくて、ニヒヒという感じの笑顔が魅力的だ。聞けば精神医学を専攻している医大生で、リンショーナントカカントカの卵だと言う。俺がスポーツ紙とエロ本とＡＶを専攻して学んだところによると、こういう子は欲求不満で好奇心旺盛、偏差値は高いが経験値は低く、頭脳派に囲まれているが故に肉体派に免疫がなく、頭はかたいが押しには弱い。つまり、最高だ。

　トナカイのツノのカチューシャを付けた彼女と二人きりになりたくて、俺は悪いと思いながらも勝手にたっちゃんの名前でリクエストをした。歌えようが歌えなかろうがどちらでもよかったが、一応、誰でも知っていそうな「いとしのエリー」にしておいた。

『続いては、懐かしいですね、いとしのエリー』というアナウンスに続き、俺が用紙に記入した通り『青コーナーより、田部井辰巳選手の入場です！』と紹介された。

　きょとんとしているたっちゃんを「ほら、呼んでるよ」とけしかけたが、彼は首をブンブン振って拒否した。イントロが始まっても誰もステージに向かわないので、他の席から「どしたー」「早くー」と声が上がった。ミカちゃんも「行きなよ～」とたっちゃんの背中を叩いた。

「サザンくらい知ってるだろ？　頼むよ」

　俺は拝むように手を合わせ、ミカちゃんも「この歌大好き、歌って」とせがんだ。「頼む！」ともう一押しすると、たっちゃんはようやく立ち上がった。ステージに向かう足取りは、リングに向かうときの数倍おどおどしていた。マイクを握り、お辞儀をし、盛大な拍手と指笛の中、たっちゃんは歌い始めた。

　驚いた。本家も顔負けだった。桑田《くわた》佳祐《けいすけ》ではない。藤波辰爾だ。伝説の曲「マッチョ・ドラゴン」の再来、いや、超越していた。

　歌うというより語っているようで、一節の終わりだけなんとかメロディーに乗ろうとするのだが、それがことごとくヨレる、外れる、裏返る。そう歌う方が難しいだろうという感じだ。

俺は愕然《がくぜん》として、ミカちゃんとおしゃべりするのも忘れていた。

拍手や指笛はやみ、他の客達は怪訝《けげん》な顔をしていた。しばらくすると方々からクスクス笑いが聞こえ、やがてこらえきれずに吹き出す者が出始めた。その笑いは店中に伝播《でんぱ》し、俺を除く全員が腹を抱えて笑い出した。

「ひぃぃ、やめて~」「助けてくれぇ」「腹が、腹が……」

最初はみんな眉をひそめていたのに、少しずつ笑いが起こり、最終的には一斉に腹を抱えて爆笑する。まるで、新しいタイプのお笑い芸人が現れたみたいだった。

俺は我に返って立ち上がり、笑い声をかき消そうと「いいぞ、たっちゃん!」と叫んだ。最後のサビのところでも「ボディ効いてるよ!」「もう一発!」と、我ながらなんの応援か分からないことを叫んでいた。しかし俺一人の声量では、店内に満ちる大爆笑に敵《かな》うわけがない。

たっちゃんは席に戻ってくるなり「もう絶対に歌わない」と宣言した。俺は「ごめんごめん」と、また手を合わせなければならなかった。ミカちゃんは「すごく感動した」と、たっちゃんを慰めた。上手い具合に、感動とは別種の泪を拭っていた。

「青コーナーって言ってたけど、なにやってんの?」

俺は、自分もたっちゃんも新人プロボクサーで、今日はデビューのお祝いなのだと説明した。二人とも勝てなかったのだが、たっちゃんの試合はダウンの応酬で、会場が揺れるくらい盛り上がったのだとも言った。

ミカちゃんは「へ〜」と前のめりになった。その視線は、たっちゃんの少し小さくなった絆創膏に注がれている。興味津々だ。それを見た俺は、期待に胸と股間を膨らませた。

ところが、だ。

「おい、もう行くぞミカブー」

合コンがお開きとなったようで、背の高い男がミカちゃんを呼びにきた。ミカちゃんは顔も向けずに「この人たちと飲むから、行っていいよ」と財布を取り出した。

「なにブーたれてんだよ、ミカブーのくせに」

トナカイのツノを叩いたのを見て、俺は思わず「この子がこっちで飲むって言ってんだろ」と口を挟んだ。

「いくらだ、俺がこの子の分、出してやるよ」

「へぇ、じゃあ五万もらおうかな」

「舐《な》めてんのか、センター分け」

俺は立ち上がって、肩パッド入り紫ジャケットの男と正対した。顔は『じゃりン子チエ』のヒラメちゃんにそっくりだった。

「なにやってんのぉ」

俺とヒラメが睨み合っていると、合コンの女性陣三人がやってきた。ちょうど誰もカラオケを歌っていないタイミングで、他の席のカップルやグループも俺達の席に目を向けていた。

「あ、いとしのエリーくんだ」「もう笑わせないでよ」「悲しいとき思い出すね〜」

文字通りミカちゃんとは毛色の違うボディコン系の合コン女性陣は、たっちゃんをおちょくり始めた。たっちゃんがうなだれて、俺の怒りの矛先は彼女達に向いた。

「どんだけ可愛いのがいるのかと思ったら、揃いも揃って素人ナンパシリーズとかでよく見る名無し女優レベルじゃねぇか」

他の席の客の半分がきょとんとし、半分が爆笑した。前者が女性で後者が男性だ。隣の席の男はチラリとこちらを見て「上手いこと言うなぁ」と感心したが、合コンの男性陣は一斉に「ふざけんな！」「失礼だろ！」と怒った。俺と肩を組んで歌ったチャーミーは「単体でいけるに決まってんだろ！」と、フォローになっているのかいないのか分からないことをわめいた。

「本人もつまんないって言ってたし、ミカちゃんは俺達があずかる。お前らは名無し女優とせいぜい楽しめ」

ヒラメが俺の肩に手を伸ばした。一発くらい先に手を出させてからボディに入れてやろうと考えていた俺は、しめしめと思った。が、

「もうやめてよ、行くから！」

ミカちゃんが立ち上がり、財布から金を出してヒラメに渡した。ヒラメは俺を睨みつけてレジに向かった。ミカちゃんは「ごめんね」と謝り、リクエスト用紙になにか書き込んでから行ってしまった。テーブルに残された紙片には、電話番号が書かれていた。

「惜しかったなぁ。上手くいけば彼女の友達も呼んで、たっちゃんに筆下ろしさせられるかもって思ったのに」

俺達も少し後に店を出て、まだ賑《にぎ》やかな繁華街を歩いた。

「筆下ろし？」

「そう、初めてなんだろ？　あっちも」

たっちゃんは驚いた表情で俺を見て、すぐに目を逸らした。それからショーウインドーやイルミネーションに視線を泳がせ、インターロッキングブロックに目を落とした。

「違うの？」

たっちゃんは歩みを緩め、俯いたまま首を横に振った。しかしこれでは、どちらとも取れる。

「え、風俗なら行ったことがあるとか？　だったら素人童貞……」

茶化すような俺の言葉を遮って、たっちゃんは強い口調で「やめよう」と言った。

「風俗には行ったことがないけど、筆下ろしの必要はない」

右眉は動いていなかった。

「でも、もうこういう話はこれっきりやめよう。嫌いだから」

おっぱいおっぱいと騒いでいたらこっぴどく叱られた小学生みたいな気分だった。釈然としなかったが、触れられたくないことがあるのは確実で、俺は「なんかごめん」と謝った。

たっちゃんはまた首を振り、「あとカラオケもね。これっきりだよ」と言って笑った。

ミカちゃんが教えてくれた電話番号は、大学の寮の呼び出し電話だった。彼女は、実はヒラメと付き合っていて、あの日の合コンで彼が他の参加者に色目を使っていたので、ちょっと喧嘩したのだ、巻き込んでしまって申し訳ない、と言った。それきり、俺は電話をしないことに決めた。

いやらしい意味は抜きにして、試合の応援にきてくれれば張り合いが出ると思ったのだが、まぁ、こんなものだろうとあきらめた。

働いて、トレーニングして、そのうえ女の子とヨロシクやっている時間など俺達にはこれっぽっちもないのだ。あの夜の小さな出会いは、それを再認識させてくれただけだ。

ただそれでも、輝ける明日というやつがいつか俺達にも訪れるという根拠のない予感は、まだあった。

そんなわけで、俺とたっちゃん、たまに犬が、西日に照らされた川沿いを走る日々は続いた。

年が明けてすぐ、昭和が終わり、元号が平成になった。

世の中は狂想曲の変調のように一瞬だけ沈黙し、ボクシングの興行も軒並み中止された。だが一ヶ月ほどすると、自粛解禁とばかりに前よりも賑やかになった。

桜がほころぶ頃までに俺は二試合を戦い、トータルの戦績は一勝一敗一分となった。情けない戦績ながら、桶谷会長は翌年の新人王トーナメントに俺をエントリーすると言った。出場資格に一勝以上四勝未満というのがあるので、翌年春まで三勝はしないだろうということでもあり、俺としてはちょっと複雑な気分だった。

一方のたっちゃんは瞼の傷もあって、二試合目はデビューから五ヶ月後になった。結果は四回TKO《テクニカルノックアウト》負けだったが、やはり倒し倒されの激闘で、終盤には一般の観客から田部井コールが起こった。

病院に行くほどではなかったが、たっちゃんの右の頬骨と左目の上部はかなり腫れていた。たぶん熱が出ると平井が言うので、俺はたっちゃんをアパートまで送り、そのまま泊まることにした。コンビニで買った氷をビニール袋とタオルに包《くる》んで枕の横に置くと、たっちゃんはそこに頬を押し当ててすぐに眠ってしまった。体温計はなかったが、額に手を当てるとやはり熱かった。俺も柱にもたれて眠り、夜中に何度か目を覚まし氷を替えてやった。するとたっちゃんは「いっくん……いっくん……」と呻くような声で言った。「なんだよ、ここにいるよ」と言っても、続きの言葉はない。夢の中で俺と話でもしているようだった。

「うわごとかよ、気持ち悪《わり》ぃな」

たっちゃんは、嫌な夢にうなされているようだった。「もう掘れない」「ごめんなさい」といったうわごとをつなぎ合わせると、どうやら穴を掘らされている夢らしい。父親に虐待を受けていた頃を思い出しているのかもしれない。

あまりに苦しそうなので起こしてやろうかと悩んでいたら、そのうち静かに寝息を立て始めたので、俺もまた柱にもたれて眠った。

それから数日後、桶谷会長はたっちゃんのために、攻撃的なブルファイターを育てることに定評のある三好鉄《みよしてつ》というトレーナーを新たに雇い入れた。「ブルメーカーのテツ」と呼ばれるフリーランストレーナーで、まだ四十歳過ぎにもかかわらず世界チャンピオンを一人、日本と東洋太平洋のチャンピオンは五人も育てていた。業界内では有名人だが、気に入る選手と出会わなければジムに属さず何年でも工事現場で働いているような、少し扱いにくい人物でもあった。

「時間は掛かりそうだが、素材としては面白い。長い付き合いにはなるまいが、まずは一勝するまでやってみようか」

負け試合二つのビデオを観てOKジムにやってきたテツさんは、三日ほどたっちゃんのジムワークを観察した上でそう言った。時間は掛かる、なのに長い付き合いにはならないと、かなり分かりにくいものの、ひとまずお眼鏡《めがね》には適《かな》ったようだ。

テツさんは、いつも工事現場の作業服を着ていた。ポケットをジャラジャラ鳴らして歩き、よく工具や小さな機械のようなものを弄んでいた。

その厳《いか》つい名トレーナーが、二戦二敗の四回戦ボーイのどこを気に入ったのか、俺にはまったく分からなかった。その点を訊ねると、会長はこともなげに「田部井は打たれることを怖がらないからな」と笑った。

「初めてスパーをやらせたときから、打つことには躊躇があるくせに、打たれることは怖がらずに相手の懐に飛び込んでいった。どのジムでも打たれないことから教えるし、今じゃそういう選手は珍しい。俺には、テツさんが気に入る逸材だと分かっていたよ」

なるほど言われてみれば、と考えていると、会長は、俺にもテツさんの指導を受けるよう命じた。インファイターを相手にした場合の勉強になることに加え、たっちゃんがコミュニケーション下手であることを考慮して、俺に通訳的なことをやらせるためだった。

「一緒にジムにいるのは土曜日だけですよ」

「同時通訳は週一でいい。あとは折々、テツさんに田部井のことを詳しく教えてやってくれ」

二人の間で知り得たことを第三者に話すのは気が引けるので、俺は事前にこの件をたっちゃんに相談した。彼は少し悩んでいたが「それで強くなれるなら」と承諾した。

テツさんのトレーニングは、走り込みから始まった。ジム近くの神社の、男坂と呼ばれる急な石段を全速力で駆け上がり、いくらか緩やかな女坂を下りながら呼吸を整え、休みなくまた男坂を上る。これを三往復するのだが、タイムを計り、前回より十秒以上遅れると一往復増える。

平日の夕方ジムに行くと、俺も昼間にたっちゃんがやったのと同じメニューをやらされた。二往復目で十五秒遅れ、三往復目はほぼ歩いているくらいの速度になると、テツさんは「田部井は三往復で済ませたぞ。しかも鼻歌交じりでだ」と言った。俺を鼓舞するつもりかもしれないが、嘘はよくない。三往復で終わったのは本当だとしても、たとえ鼻歌でもたっちゃんが歌うわけがない。

「なにを歌ってました？」

「ほれ、サザンなんとかの、ドラマの主題歌の」

「いとしのエリー？」

「そう、確かそんなのだ」

なんと本当のようだ。またああいう機会があったときのために、練習しているのだろうか。

「聴いてて、なにか変わったことはなかったですか？　膝の力が抜けるとか、腹が痛くなるとか、鳥が落ちてくるとか」

「ねぇよ。サボってねぇで、早く四本目に行けよ！」

ヘロヘロでジムに戻ると、サンドバッグ打ちやミット打ちもテツさんから指導された。その教え方はＯＫジムの誰よりも上手かったが、誰よりも厳しかった。息が上がると「苦しいときこそ根性で手を出せ！」「今が伸びる瞬間だぞ、根性で逃すな！」と煽る。たまに細い竹の棒で、尻や肩をピシリと叩く。俺が重くなった腕で蚊も殺せないようなパンチを打ちながら「クソがぁ！」と叫ぶと、「そうだ、俺をぶちのめす気で叩け！　ただし声は出すな！」と、またピシリ。

そしてジムワークが終わると、全身から湯気を立てて床にノビている俺を質問攻めにする。シャワー室で今きたターミネーターみたいになっている間まで、扉の外からそれは続いた。内容はすべて、たっちゃんに関することだ。

生まれ育ち、俺との出会い、仕事の内容、特定の彼女の有無、一日のタイムスケジュールなど、その内容はボクシングに関係のないことにも及んだ。

本人に許可をもらっていることもあり、俺はジムの人間に言っていないことも伝えた。父親の暴力、いじめ、母親がいなくなったこと、特定の彼女はおろか友人もいないといったことのほか、びっくりするくらい歌が下手なこと、サウナやファミレスが初めてだったこと、どうやら童貞ではないということまでしゃべった。

そういう話をすると、テツさんはよく鉄製の模型のようなものを弄びながら、深く考え込んでいた。目を伏せると、縫い痕だらけでたるんでしまった瞼が一際目立つ。なんだか、パズルの大切なピースが足りない、と考えているように見えた。

俺は、たっちゃんが泣くのを見たファミレスと銭湯でのことは言わなかった。あの二度の泪のことを説明すると、どうしても俺の主観も混じってしまうと思ったからだ。それが足りないピースなのかもしれないが、俺は黙っていようと判断した。

一ヶ月ほど経ち、俺はプロ四戦目が決まってスパーリング中心の別メニューに入った。

その試合、俺は最悪の状態でリングに上がった。筋肉がついたことで体重が落ちにくくなり、計量後のリカバリーでもほとんど固形物が食べられなかったのだ。

相手も四戦目だが、過去三戦三勝三ＫＯ、パーフェクトレコードというやつだ。リングに上がるとマットがふわふわしているように感じられた。

客にはボクシング関係者が多かった。桶谷会長が言うには、ブルメーカーのテツが久々に重い腰を上げたと聞いて、どんな選手を育てているのかと観戦にきているとのことだった。俺は声を大にして「俺じゃないですよー」と言いたい気分でゴングを待った。

テツさんは、俺の過去の試合を観て「苦し紛れでカウンターパンチャーに、追い詰められてアウトボクサーになっているだけ」と評した。つまり常に相手の出方に対応していて、受け、待ちの時間が長く、自分のスタイルが確立されていないということだ。

相手陣営も似たような評価だったのだろう、第一ラウンド、考える隙を与えない連打で仕掛けられた。三十秒も経たないうちにコーナーに追い詰められ、右フックでダウンを奪われた。

「とっとと立てこらぁ、呑《の》まれてんじゃねぇよ！」

セコンドのテツさんが叫ぶのがはっきり聞こえた。その叱咤《しった》に対する、会場の笑い声まで聞こえる。ダメージはないということだ。ニュートラルコーナーでうっすら笑っている相手の顔を見て、俺は頭にきた。再開直後、相手はまたラッシュにきたが、俺は左側に回り込んでワンツー、続いて右側に動いてジャブをダブルと右フック、計五発を打った。浅かったが、そのうちの二発がヒットした。

同じ攻撃パターンを繰り返し、相手の目にパンチの軌道を刷り込ませる。そして相手がカウンターを取れると判断した頃合いを見て、五発目の軌道を変える。そのときの自分のスタンス、相手との距離、カウンターを取ろうとする相手のパンチの種類を瞬時に判断して、最も有効なパンチを選択する。

これらのことを、頭で考えることなくできていた。喩《たと》えではなくゲロを吐くほど練習してきた賜物《たまもの》だ。俺が選択したのはボディストレートだった。見事に決まり、第一ラウンド終了直前にダウンを奪い返した。相手はカウントエイトで立ち上がり、ゴングが鳴った。

このラウンドは八―八か、逆転という展開だから一人くらい俺に付けたジャッジがいるかもしれない。

「採点のことなんか考えてんじゃねぇぞ、ウスノロ」

コーナーに戻ると、見透かしたみたいにテツさんが釘《くぎ》を刺した。しかし、瞼の腫れにアイスバッグを押し当てると「いいボディストレートだった」と小声で言《い》った。

「どうだ、強くなってるだろう。お前の柔軟性を活かしたコンビネーションは、四回戦なら上級レベルだ。自信を持て」

初めて褒められた。試合中にこの言葉は効く。

試合は第三ラウンド二分十秒、相手の左に合わせた俺の右クロスが決まって終わった。テツさんに「玉砕しろ！」と言われながら、何度も練習したパンチだ。初のＫＯ勝ちだった。

豆腐屋の配達を休んで応援にきていたたっちゃんは、控え室に向かう通路で「やったね、いっくん」と右手を広げた。俺はその手を、まだ右クロスの感触が残っている拳で叩き「続けよ、たっちゃん」と答えた。

その日は村本と平井の試合もあり、それぞれ判定負けとＴＫＯ負けだったが、俺の祝勝会と二人の残念会が催された。会場はジム近くのスナックで、出席者はＯＫジム関係者のほか、俺の知らない顔もちらほらいた。

そのうち二人は、村本の父親が経営する広告代理店の社員だった。桶谷会長はこの二人に付きっ切りで話し込んでいる。そのテーブルにはもう一人、俺の知らない顔があったのだが、それはたっちゃんが働く中村豆腐店の店主とのことだった。

事情を訊いても恥ずかしそうに頭をかいてばかりのたっちゃんに代わり、近くでナポリタンを頰張っていた平井が「田部井、すげーんだよ」と説明した。

店主はたっちゃんの二戦目の応援にきて、負け試合だったもののひどく興奮した。一緒に行った得意先の料亭経営者が「後援会を立ち上げよう」と言い出し、二人は桶谷会長に相談にきた。

「で、会長が村本の親父に連絡して、担当者に引き合わせてるってわけ」

実は会長の許《もと》には、それ以外にも田部井辰巳選手への問い合わせが複数きている、と平井は続けた。他ジムからの試合のオファー、専門誌の新人紹介コーナーの取材依頼、そして一般のボクシングファンからの公式な応援団はないのかという電話もあるそうだ。

二戦二敗の四回戦ボーイには破格すぎることばかりだ。それほど、たっちゃんの倒し倒されの激闘が人を惹《ひ》きつけるということか。

「は～い『兄弟仁義』入りま～す、歌うの誰～？」

レーザーディスクを操作していたママさんがマイクを振った。各テーブルが後援会話やらボクシング談議やらで盛り上がる中、よく歌う気になる奴がいるなぁと思ったら、テツさんが「俺だ俺だ」と立ち上がった。慣れた感じでマイクを握り、モニターの前に立ったテツさんは、周りの反応など意に介さず歌い出した。

驚いた。ド下手だった。気持ちよく歌う様は対照的と言っていいが、たっちゃんとどっこいどっこいの歌唱力だ。できたばかりの口の中の傷にしみる。

会長と広告屋と豆腐屋は話を中断し、村本と平井も食事の手を止め、例の新しいタイプのお笑い芸人が登場したときの反応を見せた。

ところがたっちゃんは、まるで聴こえていないかのように無反応で、野菜スティックをポリポリかじっていた。

神社の石段を往復しているとき、たっちゃんが鼻歌交じりだったというのはやはり本当で、テツさんは自分もド下手だからなんとも思わなかったということかもしれない。こういうのも、波長が合うと言うのだろうか。

テツさんはマイクを持ったら離さないタイプらしく、それから五曲分も地獄のような時間が続いた。

その地獄をなんとか生き延びたと思ったら、たっちゃんには更なる地獄が待っていた。三戦目に向けた特別メニューだ。

相手は、デビュー戦の相手ジム会長が「うちに戦わせたいのがいる」と言っていたテクニシャンだった。ジュニアバンタムでは長身とされる百七十三センチのサウスポー、清瀬未来《きよせみらい》だ。

優勝こそしていないが高校時代は全国大会の常連で、C級デビュー組ではエリート中のエリートだ。プロでの戦績は三戦全勝。ＫＯ勝ちこそないが、ダウンの経験がないばかりか失ったラウンドも皆無だ。足を使って距離をとるスタイルで、全パンチの八割が多彩な角度から繰り出される右だと言われる。かといって完全なアウトボクサーでもなく、相手が喧嘩腰なら足を止めての打ち合いも厭《いと》わず、それでも確実にポイント有利で全ラウンドを終えている。

そんな相手への対策としては、追い足を鍛えるための短距離ダッシュ、内懐に飛び込んでからのショートレンジの連打、そんなチアノーゼが出そうな練習が俺でも思い浮かぶ。

思った通り、テツさん考案の特別メニューにもそれらが取り入れられたのだが、それは全体の三割ほどだった。残りの七割は、ディフェンス練習に充てられた。

「ブルファイターを育てろって言ってんのによう」

桶谷会長のそんな愚痴から、俺は特別メニューの詳しい内容を知った。それは、俺の想像を超えてキツそうなものだった。

まず、両腕を顔面の両側に上げた通常のガード、片方のグラブを逆の腕の肘辺りに置くL字ガード、両腕を交差させるクロスガードをし、殴られ続けることでそれぞれの長所と短所を身体で覚える。テツさんがウレタン製のスティック二本で叩くこともあれば、他の練習生にグラブで殴らせることもあった。

スパーリングでは初めの数ラウンドで攻撃が禁止され、ただひたすらブロッキング、ダッキング、スウェーバックといった防御を繰り返す。スリッピングアウェー、クリンチワークといった六回戦以上の選手が使う高等技術まで要求され、できなければ何ラウンドでも攻撃禁止は続いた。聞くだけで最もキツそうだったのが、ウィービングの練習だ。ウィービングとは、ただ頭を下げて相手のパンチをかわすダッキングと違い、かわすと同時に反撃の体勢に入るために左右への体重移動を伴う動きだ。

練習法は、リングの対角線にロープを張り、その下をくぐりつつ左右に頭を出すというものだが、テツさんはロープの位置を通常より五センチほど低く設定していた。くぐって上げた頭の位置が低いまま、あるいは視線が前方を見ていないと容赦なく竹の棒が飛んでくる。しかもくぐりながら、低い姿勢で前進と後退を何ラウンドも繰り返さなければならない。見た目は地味だが、これは腰と大腿部《だいたいぶ》が悲鳴をあげるだろう。

「付け焼き刃のディフェンスより、得意な方を伸ばしゃいいんだ。なに考えてんだろなぁ」

会長はそう言ったが、俺に分かるはずもなかった。だがなんとなく、テツさんが過去二試合いずれもボコボコになったたっちゃんを、守ろうとしているような気がした。それは俺にとって嬉しくもあったが、同時に有能なトレーナーから見て、たっちゃんが危険な状態にあるということにもなるのではないか。

土曜日、西日でなにもかもがオレンジ色に染まったジムの中で、黙々とウィービングを続けるたっちゃんを見ながら、俺は言いようのない不安に襲われた。

そして、試合当日。

四回戦ながら、清瀬未来 VS 田部井辰巳は六回戦のあとに組み込まれた。メインイベントの二つ前のカードだ。清瀬が注目の新人ということもあるが、対するたっちゃんが正確無比なテクニシャンと対照的なタイプであることも、興行主側から評価されてのことだった。

「キヨちゃーん！」「ミライくーん！」

立ち見も多い満員のホールには、珍しく黄色い声援が飛んでいた。アイドルのコンサートみたいに、清瀬の顔写真が印刷された団扇《うちわ》まで振られている。確かに、男の俺から見ても清瀬は男前だった。

ルックスはフルマークで〇―三だが、応援はたっちゃん陣営も負けていない。後援会が発足して初の試合で、テラスの壁面には横断幕、青コーナーの花道には幟《のぼり》がずらりと並んでいる。横断幕には無骨な筆文字で『田部井辰巳』と、そして幟には『取扱注意』『火気厳禁』『TNT』といった文字が染め抜かれている。TNTは『田部井・中村豆腐店・辰巳』の頭文字らしい。たっちゃんの爆発的なボディ攻撃を、爆薬の原材料に喩えたものだと広告屋が言っていた。

後援会以外のコアなボクシングファンも、男前嫌いが多いのか「田部井、ぜってー負けんなよ！」「顔だけ狙ってボッコボコにしろ！」と、温かい声援を送ってくれていた。

黄色い声援と野太いダミ声が入り混じる中、ゴングが鳴った。たっちゃんはいきなり突っ掛かった。リングサイドの関係者席にいた俺の耳に、テツさんが「馬鹿野郎！」と叫ぶ声が届いた。

清瀬は闘牛士よろしく、その突進を最小限の動きで軽くいなす。それでも低い姿勢で突っ込むたっちゃんに、打ち下ろしの右を見舞う。パン！　と乾いた音が響いた。

たっちゃんは、何度いなされても迎撃されても、前進をやめなかった。まるでこれが劣勢での最終ラウンドであるかのように、突進し続けた。そしてゴング。

「俺の指示は無視か！　だったら、お前一人でやってみろ！」

コーナーに戻るなり、テツさんがたっちゃんの頬を打った。たっちゃんは「ごめんなさい。ちょっと試してみたかったんです」と謝っていた。

第二ラウンド、たっちゃんは突っ掛からなかった。清瀬は左側にサークリングしながら、例の多彩な右ジャブを出し始めた。たっちゃんはスウェーバックやダッキングで、そのほとんどを上手くかわした。かわし切れないと判断した場合のバックステップも速い。

後ろ足で踏ん張った溜《た》めで、グンと前に出る。ステップインも速い。もし清瀬が腕や肩で防ごうとしたら、そのガードごと吹っ飛ばすことができただろう。

だがそこはさすがにエリートボクサー。なにかヤバい空気を察して下がりながら様子を見る。そして、たっちゃんの動きのリズムを読み取ると一転、攻勢に出た。前後に直線的な攻撃をサイドステップでかわし、横から右をダブルかトリプルで刺す。

押し込み気味だったのが、一瞬にして受けに回らされた。これではジャッジの印象も悪い。確かにテクニシャンだ、と俺も唸らされた。野太い声援にも「あぁ～」という声が増え始めた。

第三ラウンド、清瀬の方から積極的に攻めてきた。決定打を狙っている。たっちゃんは上手くディフェンスしていたが、それを感知した清瀬がスピードを上げげた。角度も上下への打ち分けも多彩で、すべてのパンチには対処し切れない。

たっちゃんはジリジリと下がらされ、手を出せないままロープに背中を預けるかたちになった。三十秒ほどその状態が続き、ロープダウンを取られてしまった。

「手を出せ！　攻められてるときこそチャンスなんだぞ！」

テツさんが叫び、たっちゃんは小さく頷いてファイティングポーズをとった。再開後、またすぐロープに追い詰められたが、今度は狭い空間でショートフックを振り回した。溜めが作れないショートレンジでも、たっちゃんのフックは充分に威力がある。清瀬のハンドスピードを遅らせ、押し戻したかに見えた。

だが違った。清瀬は距離をとって万が一に備えると同時に、決定打を放つ間とスペースを作ったのだ。わずかなガードの隙間をすり抜けたシャープな左アッパーが、ピンポイントでたっちゃんの顎を捉えた。

たっちゃんは顔を仰向け、そのまま真下に腰を沈めた。今度は脳を上下に揺らされ、明らかにダメージを負ったダウンだった。

四《よ》つん這《ば》いになったたっちゃんは激しく頭を振り、ロープを摑《つか》んで立ち上がった。レフェリーが数歩前進するように言い、ダメージの確認をした。たっちゃんはファイティングポーズをとったまま、ふらつくことなく三歩歩いた。それでも続行と言わないレフェリーに、たっちゃんはドンドンと両足を踏み鳴らしてみせた。

会場が大きく沸いた。

第三ラウンド残り一分十五秒で試合は再開された。清瀬は鞭《むち》のようにしなやかに右の連打を繰り出す。またロープ際に追い込まれ、パーン、パーンとたっちゃんの顔が上下左右に弾《はじ》かれた。防戦一方の中、レフェリーが顔を覗き込んだ。

ガードの隙間から見えるその顔は、大きく腫れ上がっていた。唇は膨らんで端が切れ、両瞼とも目を覆い隠すほどになっている。

たっちゃんの右ガードが、だらりと下がった。そこに、清瀬が渾身《こんしん》の左フックを打ち込んだ。

だが、それは空を切った。

特別メニューで繰り返した、通常より深いあのウィービングだった。腰を下ろしそうなほど深く沈み、右の股関節に全体重を乗せたたっちゃんの身体が、大きく伸び上がる。俺の席からは、たっちゃんの背中が一回り大きくなったように見えた。そして、強振した左を空振りした清瀬の表情は、明らかに怯えていた。

ドン！　と重い音がホールの天井まで響いた。たっちゃんの右拳ががら空きの左脇腹に埋まった。前方に溜めを作る隙間がない中で、上下にスペースを作り出したボディアッパーだ。

清瀬は「ぐぅ」と嗚咽《おえつ》を漏らしてマウスピースを吐き出し、膝をついた。ホールが悲鳴と大歓声に包まれた。清瀬は腹を抱えてマットの上を一回転した。悶絶はカウントスリーまで続いた。

おそらくその場にいた二千人あまりの目のすべてが、男前が顔を歪め涎《よだれ》を垂らしながら震える膝で立ち上がろうとする様に向いていた。

俺だけが、ニュートラルコーナーを見ていた。

「なんで……」

たっちゃんの顔を見て、俺は思わず声を漏らした。

清瀬がなんとか立ち上がると同時に、ゴングが鳴った。残り十秒の拍子木は悲鳴と大歓声にかき消され、誰も気付いていなかった。

「よぉし、よくやった。見事なウィービングからの一撃だった」

コーナーに座ったたっちゃんの腿《もも》を揉《も》みながら、テツさんが言った。桶谷会長もロープ越しに水を飲ませ、たっちゃんの表情を確認しようとした。だが、

「ワセリン取ってくれ」

テツさんがそう言って、会長はリング下に下りた。

俺からはたっちゃんの表情は見えなかった。だが、テツさんの表情を見て、異変に気付いたことは分かった。会長がワセリンを持ってきて、またたっちゃんの顔を見ようとしたが、テツさんがタオルで隠した。

「次はラストラウンドだからな、思い切って全部出しちまえ！」

乱暴に頭を拭きながら、テツさんはそう励ました。

そして最終、第四ラウンド。

清瀬はリング中央で両足を大きく開いて重心を落とし、真っ向打ち合いの態勢をとった。一分では回復できず、テクニシャンがフットワークという翼を捨てたのだ。たっちゃんもそれに応え、清瀬よりも重心を低くして構えた。

ゴツン！　ガツン！　と重く硬い音が何発も響く。いいのをもらうと、両者とも数歩下がる。だがすぐに歩み寄り、また打ち合いを始める。

清瀬の左フックがヒットし、たっちゃんの右瞼から血が飛び散った。たっちゃんの右アッパーが炸裂《さくれつ》し、清瀬の口から血が噴き出す。眩《まばゆ》いライトに、飛び散る血と汗が光る。

ホールは沸騰し、黄色い声も野太い声も「わっしょい！　わっしょい！」で統一された。

単純なパンチ力比べだった。こうなると、たっちゃんに分がある。一分五十秒、たっちゃんの右ストレートが顎にヒットし、清瀬はよたよたと赤コーナーに下がった。だがたっちゃんも、もう追い足がない。二メートルほど離れた位置で清瀬がニヤリと笑い、そのままコーナーにもたれるように座り込んだ。

カウントシックスでなんとか立ち上がったが、完全に膝が笑っていた。レフェリーは時計に目をやり、試合を続行させた。たっちゃんはロープにもたれた清瀬によろよろと近付いた。もう指で押せば倒れるような状態だが、それはたっちゃんも同じだ。それでもたっちゃんは、ほとんど視界がない中、前のめりになりながらパンチを繰り出す。清瀬はパンチを出せないながらも、ロープの弾力を利用してなんとか耐え凌《しの》ごうとする。

そして大歓声の中、激闘は終わった。勝敗は判定に委ねられた。

リングアナが、各ジャッジがどちらに付けたかを言わずに点数だけを読み上げた。三十六―三十五が二人、三十五―三十六が一人、二―一のスプリットデシジョンだ。

そしてたっぷりと間を置いて、結果が発表された。

『勝者、青！　田部井！』

レフェリーがたっちゃんの右手を挙げた。俺は立ち上がって、言葉にならない叫び声を上げていた。その自分の声も聞こえないほど、ホール全体がこの日最大の音量で揺れた。

桶谷会長がたっちゃんを抱え上げた。たっちゃんは、顔を歪めて泣いていた。テツさんは険しい目で、そんなたっちゃんを見つめている。もらい泣きしてしまうのを我慢しているようにも、重大なことに気付いて困惑しているようにも見えた。

四方にお辞儀をした後、たっちゃんは清瀬に挨拶に向かった。清瀬は握手をして、セコンドに肩を借りながらリングを下りた。彼のジムの会長はボトルの水をたっちゃんに飲ませ、労《ねぎら》うように肩をポンポンと叩いた。

『それでは、見事に初勝利を挙げた田部井選手に伺います』

その日は、四回戦では異例の勝利者インタビューがあった。

『まず率直にどうですか、初勝利の感想は』

『あぁ、その……ありがとうございます』

ごじゃいますに、会場からどっと笑いが起きた。

たっちゃんは、肩を震わせて泣いていた。ヒックヒックとしゃくりあげ、上手く話すことができない。『清瀬選手は手強《てごわ》かったですか』『この勝利をどなたに贈りますか』といった定番の質問にも、すべて『ありがとうございます』で通した。ＴＮＴが、すっかり湿気《しけ》ているみたいだった。

『喜びの泪で、これ以上のお話は難しそうですね。初勝利、おめでとうございました』

インタビュアーがそう締めくくったときにはもう、子供のようにわんわん泣いてしまっていた。

俺にはそれが、とても喜びの泪には見えなかった。

清瀬から初のダウンを奪った直後、俺はたっちゃんがニュートラルコーナーで泣いていることに気付いた。そのラウンド後のインターバル、テツさんも気付いて、会長にたっちゃんの顔を見せないようにした。最終ラウンドも、たっちゃんは泣いていた。血と汗で誰にも分からなかったと思うが、泣きながらあのすごい打ち合いをしていたのだ。

「結果論だが、肝はあの第一ラウンドだったんだ。巧さでは完全に清瀬だが、田部井の手数に付けたジャッジが二人いたんだよ」

控え室に戻ると、桶谷会長はジャッジペーパーをみんなに見せながら、興奮気味にしゃべっていた。

たっちゃんはテツさんに付き添われ、医務室に行っていた。俺もすぐそちらに向かった。ドクターから瞼と口腔《こうこう》内の裂傷は縫合が必要と言われ、そのまま病院に行くことになった。俺は控え室にとって返して会長らに事情を説明し、たっちゃんの荷物をまとめた。

テツさんはタクシーを呼び、病院へも同行してくれた。

たっちゃんはもう泣いてはいなかったが、ひどく元気がないように見えた。疲れていて当然だが、普通なら試合直後はアドレナリンが出まくっていて、むしろ変なくらい元気なはずだ。

治療の間、俺とテツさんは外来患者用フロアのベンチに並んで座っていた。もう受付は終わっていて、目の前のカウンターにも売店にもシャッターが下ろされていた。俺達以外に誰もおらず、照明も半分消されていた。

「それ、前から気になってたんですけど、なんです？」

たっちゃんのバッグをかき回し保険証を探しながら、俺はテツさんに訊ねた。よく手持ち無沙汰のときに弄んでいる、小さな模型みたいなもののことだ。

テツさんは「歯車の模型だ」と言って、俺に持たせてくれた。小さな平歯車が五つほど噛《か》み合って、手回しオルゴールのような把手《とって》を回すと回転する。手の平サイズなのに、ずしりと重みがあった。

「工事現場でよく会う整備士が、趣味で作ったものだ。面白いから、いくつかもらったんだ」

「面白い、ですか」

俺の反応を見て、テツさんは「歯車はまっぴらって顔だな」とかすかに笑った。

「まぁ、そういう喩えは置いといてだ。こいつは肉体の構造を考えるのに役立つ」

それからテツさんは、最も分かりやすい例としてフックを打つ身体の構造を説明した。肩と肘をロックした状態で、腰の回転と一緒に腕を振る。それを「これが腰、こっちが腕、シャフトは背骨」と、把手を下にして歯車を回した。そして別の模型をポケットから取り出し、ストレート、アッパー、打ち下ろしについても説明した。こちらの歯車は、円錐形《えんすいけい》のものが嚙み合っていた。

「傘歯車《ベベルギア》、力の向かう方向が変わる」

いつも弄びながら、頭の中で考え続けているのだろう。テツさんは俺に説明するというよりも、その中身を吐き出しているようだった。

「機械の場合、動力源から出る力以上のものは作用点に伝わらない。むしろこういう伝達部位で力が削《そ》がれる。しかし人体は違う。関節周囲の筋肉と腱《けん》で、加速・加重することができるはずなんだ。そう考えると、軸足の位置とかは関係なく、大きく仰け反ったり左右に傾いた不自然な体勢からでも、力強いパンチは打てるんじゃないかと俺は思う。誰もそんな練習はしないから……」

そこまでしゃべって、自分でも夢中になっていたことに気付いたのだろう。テツさんは黙り込んだ。俺はフォローするつもりで「分かりますよ、理屈は」と答えた。

「イチは気付いたか」

二分ほど沈黙したあとで、テツさんが言った。まだ歯車を弄んではいるが、目にはなにも映っていないようだ。俺は保険証を探す手を止めて「なにになです？」と訊き返した。

「泣いてただろう、あいつ」

「ええ、第三ラウンドの半ばくらいから」

「どういう泪なんだ、あれは」

俺は「さぁ」と首を捻り、立ち上がって自販機に向かった。お茶とスポーツドリンクを買い、両方をテツさんに差し出した。「悪いな」とお茶を取ると、テツさんは「俺はもう降りる」と言った。

「トレーナー、辞めるんですか？　まだ半年じゃないですか」

「最初に、まずは一勝するまでって言ったしな。もういいだろ」

「もうって、たっちゃんには見込みがないってことですか？」

「そうじゃないが……いや、そういうことになるのか……」

テツさんは分厚い手でペットボトルを包むように持ち、長いこと考え込んだ。くっきりと縫い痕が残る瞼が閉じられていた。三分ほど続いた沈黙の後《のち》、お茶を一口飲んだテツさんは「理由は二つある」と話し始めた。

「まず、これはお前にも関係のあることだが、あのジムだ」

ＯＫジムでは、ファイトマネーの半分をジムに納めることになっている。報奨金や勝利者賞もそうだ。通常なら三十三パーセントが相場で、もっと納めるジムもなくはないが、それは住む場所や仕事を斡旋《あっせん》している場合だ。今回の試合には中村豆腐店と商店街がスポンサーに付いたが、ジムではなく田部井個人のスポンサーなのに、それも半分抜かれている。報奨金など興行の一部とみなされるものなら理解できるが、スポンサー料から差し引いてよいのは仲介手数料くらいで、残りは全額、田部井に渡されるべきだ。つまり「お前達は搾取されている」のだとテツさんは言った。

「平井と他数名の半端なプロを置いてるのは、臆病でほとんど怪我《けが》をしない、つまりは定期収入の計算が立つからだ。村本の場合は父親の存在が大きい」

他所《よそ》のジムに比べて条件が悪いことは、俺も村本から聞いていた。平井や他の選手が移籍しないのは、中小のジムなら似たようなものだし、大手は同じ階級に優秀な選手が大勢いてジム内ランキングのようなものがあり、良い条件の試合はなかなか組んでもらえないからだ、とも聞いた。

「それにあの桶谷って会長、選手のことを使えるとか使えないとか言うだろう」

「まぁ確かに、よく言ってますね」

「ボクサーを育てるのはトレーナー個人じゃない、チームだ。選手をそんなふうに思ってる奴とは、俺は組めない」

テツさんは「お前がその気なら」と続けた。俺のために、より条件のいいジムを紹介してもいい、ということだった。

「俺の名前も、まだ通用する」

「ブルメーカーのテツ、ですか」

「それは周りが勝手に言ってるだけだ。俺は選手の特性を把握して個別に対応する。いいアウトボクサーだって大勢育ててるんだ」

少し意外だった。世界チャンピオンを育てた名トレーナーが、俺のことを見所があると評価している。少なくとも、平井達とは違うのだと言ってくれている。だがそれは同時に、このまま〇

Kジムに留《とど》まれば、いずれは平井達と同じタイプのクズボクサーになるという予言なのかもしれない。

「前にも言ったが、イチには人が持っていない柔軟性がある。お前のストライドの広さ、肩甲骨の可動域の広さは、大きな武器だ。世界に続く階段を見上げるところまでなら連れてってやる。そこから先は、お前の努力次第だ」

俺は床に目を落として「俺の話はいい。今はたっちゃんの話です」と答えた。

「彼は怪我ばかりで定期収入にならないけど、会長は俺なんかより目を掛けてますよ」

「半年に一試合でも、平井達の何倍も銭になるからだよ。見ただろう、今夜のホールの盛り上がり。これからもっとすごいことになるかもしれん」

俺の「だったらなんで」という声が、無人の病院フロアに冷たく響いた。テツさんは落ち着かせるように手を挙げ、「それが二つ目の理由だ」と言った。そしてまた長い沈黙が続き、やがて意を決したように話し始めた。

「田部井は、死にたいんじゃないか」

俺はなにも言えず、また目を伏せた。

「あんまり驚かないんだな」

そう言われ、慌てて「驚いてますよ。驚きすぎて言葉もないってやつ。びっくりだ。なに言ってんですか。そんなわけないでしょ」と早口で答えた。

「お前は気付いてるのかもしれんが」

桶谷会長は、たっちゃんが打たれるのを怖がらないと評したが、テツさんは殴られたがっているのだと感じている。肉体的な苦痛でしか生きている実感が持てない人間がたまにいるが、たっちゃんは更にその先を求めているのではないか。いわゆるマゾヒズムとは違う、自殺願望とも違う、とも言った。

「死にたいのと自殺願望は違うんですか」

「消極的な自殺願望とは言えるかもしれないが、厳密には違うと思う。問題は死に方だ。首をくくったり電車に飛び込んだり灯油をかぶって火をつけたり、そういう一瞬ですべて終わるやり方じゃあ駄目なんだ」

そしてテツさんは一例として、俺がたっちゃんと初めて会ったときから、走力だけは既に俺と同等かそれ以上だったことを挙げた。おそらくたっちゃんは、普段からよく走っていた。走るという行為はシンプルに苦しい。心臓が破裂するんじゃないかという表現をよく使うが、彼は本当に破裂すればいいのにと思いながら走っていたのではないか。いかに疲れない走り方を修得するかという長距離走者の発想とは正反対、それはたまたまボクサーのロードワークと同じもので、結果的に本人の意思とは無関係に強靭《きょうじん》な下半身と心肺機能が備わった。

そんなたっちゃんがジムの練習をこっそり覗いて、ただ走り続けるよりずっと苦しくて痛い思いができる、これだ、と思うに至った。

「ボクシングに出会うべきではなかったタイプ、俺はそう思う」

テツさんは反論を待っているようでもあったが、俺はリノリウムの床に目を落として長いこと考え込んでしまった。

「イチに責任はない。出会うときには出会っちまうもんだ」

ついでのようなフォローの言葉に、やっと「違う」と答えた。

「いや、お前にはなんの責任もないんだよ」

「そうじゃなくて、今の話、全部。全部違う。そんなわけ……」

そのとき、たっちゃんが看護師に付き添われてやってきて話は中断された。

俺はようやく見付けた保険証を、テツさんは財布を手に立ち上がった。化膿《かのう》止めと念のための解熱剤をもらって会計を済ませると、テツさんに「通り道だ、タクシーで送ってやる」と言われた。話が続きそうで嫌だったが、たっちゃんの身体のことを考えて乗せてもらうことにした。

タクシーの中では三人とも無言だったが、先に俺とたっちゃんが降りるとき、テツさんが言った。

「あと二回くらいはジムに行く。金は俺が出すから、送別会やってくれないか」

おそらく、さっきの話を改めてたっちゃんにぶつける気だ。

「なぁ、三人でカラオケでも行こうや」

俺は「嫌です」と即答し、たっちゃんのアパートの階段を上った。

たっちゃんは送別会という言葉に特に反応も示さず、すぐに布団に横になった。やはり熱が出て、俺は解熱剤を呑ませてから氷を買いにコンビニに向かった。

桶谷会長とは三年近い付き合いがあるんだ。デビューさせてもらった恩もある。根性だの玉砕だの古臭いあんたとは、たかだか半年の仲だ。どちらに付いていくかは考えるまでもない。なにが消極的な自殺願望だ、精神科医でもないくせに。

テツさんに言ってやりたい言葉が、あとからあとから湧いてきた。

コンビニの前で、俺と同い年くらいの三人が座り込んで酒を飲んでいた。ダンパの女の子とかスープラとかウインドサーフィンとか、そんな会話が聞こえてきた。楽しそうだった。

アパートに戻ると、たっちゃんは眠っているようだった。起こさないように氷をビニール袋とタオルで包んで、そっと顔の横に置いた。すると、たっちゃんが目を閉じたまま「ありがと」と呟いた。

「ごめん、起こした？」

「ううん、目を閉じてただけ。眠れなくて」

口の中を縫ったばかりで、しゃべりにくそうだった。俺は「じゃあ目だけ閉じてな」と言って、座布団を枕に寝転がった。

段ボールとサウナスーツをカーテン代わりにしているが、窓の近くに街灯があり、室内は一晩中明るい。その青白い灯《あか》りの中、たっちゃんが「なにかしゃべって」と言った。

「あぁ、そうだ。初勝利おめでとう」

「ありがと」

あの泪の理由を訊きたかった。だが訊けなかった。ただ、もう一度だけ確認しておきたいことがあった。

あのファミレスのときみたいに泣いてしまわぬよう、俺は「まだボクシング続ける？」と遠回しに訊ねた。布団が擦れる音がして隣を見ると、たっちゃんがこちらに顔を向けていた。瞼も頬も唇も、腫れがひどくなっていた。ほとんど塞がっているが、目は開いているらしい。

たっちゃんは泣くことはなく、それどころか少し笑って「またその話？」と言った。

「次は初ＫＯ勝ちだよ」

「そっか、そうだな、ごめん」

「……マットにね……」

「もう、しゃべんなくていいよ」

「うん。白いマットに、僕の赤黒い血が落ちるのを見てたらね、真っ白な豆腐にすごく新鮮な醤油《しょうゆ》を垂らしたところを連想してね、試合中なのに、なんだかお腹《なか》が空《す》いたんだ」

「そっか、なにも食べてなかったな。口の傷が大丈夫なら、明日なにか食べに行こう」

「うん……」

たっちゃんはその後もなにかボソボソとしゃべり続けていたが、そのうちうわごとになった。「いっくん」は出てこなかったが、「もう掘れない」は出てきた。また同じ夢を見ているようだった。なんの夢かいつか訊いてみたい気もするが、立ち入ってはいけない領域のような気もする。

俺の言葉に過剰な反応を示さなくなったのも、うわごとに「いっくん」が出なくなったのも、たっちゃんの成長だ。喜ばしいことに決まっている。それに、繰り返し見ているらしい夢も、厳しいトレーニングを積んでいることが穴掘りに変換されているだけかもしれない。きっとそうだ。

たっちゃんが少しだけ遠くに行ったような気がして、俺は起き上がり柱にもたれた。

青白い光が、ボコボコの顔で眠るたっちゃんを優しく包んでいた。なんだか不思議なその光景を見つめていると、精神科医でもないくせに、という言葉が脳裏によみがえった。

「そうか、精神科医か……」

薄っぺらな財布を取り出して、俺は中を探った。港のゲートの通行証とレンタルビデオ屋の会員証の間に、くしゃくしゃになったカラオケのリクエスト用紙があった。


中国天安門《てんあんもん》、ベルリン、ルーマニア……世界が激動する八〇年代末、日本はどさくさみたいにロックフェラー・センターやコロンビア映画を買った。マイク・タイソンが東京で敗れて、数日後に同じ場所でローリング・ストーンズが初来日公演を行い、狂想曲は九〇年代に入った。

俺はタイソンやミック達が立った場所の隣で東日本新人王トーナメントに出場し、二勝を挙げたが三回戦で敗れた。ただトータルの戦績は四勝二敗一分となり、B級ボクサーに昇格した。

次戦から六回戦となる。そこで二勝を挙げれば、OKジムで五年ぶりのA級ボクサー誕生らしい。俺は桶谷会長に言われ、出稽古に出向くことが多くなった。他ジムの若手選手のスパーリングパートナーに選ばれることや、複数のジム合同で開催されるスパーリング大会に招待されることもあった。

テツさんがいなくなったことに関して、会長からはなんの説明もなかった。たっちゃんも自分からはなにも言わず、俺が「なんともない？」と訊ねると「嫌われちゃったね」と答えた。どうやら彼は、清瀬戦のとき言われた通り戦わなかったことで、テツさんに見限られたと思っているようだった。

「誰かに嫌われるの、慣れてるからね」

そう言って笑っていたたっちゃんは、試合の最中に泣くことはなくなった。四戦目は偶然のバッティングでふさがったばかりの瞼を切って無判定《ノーデシジョン》だったが、五戦目に初のTKO勝ちを収めた。この試合ではやはり、レフェリーが試合を止めた直後から子供のように泣きじゃくった。

戦績は二勝二敗一分。未《いま》だC級のままだが、勝っても負けても相変わらず激闘ばかりで、人気はうなぎ登りだった。

雑誌の取材もきた。たっちゃんはカメラマンの注文に一生懸命ファイティングポーズをとっていたが、どうにもぎこちなかった。

俺も、たっちゃんと並んで写真を撮ってもらった。ファイティングポーズが様にならないので、これから対戦する選手同士のポスターみたいに背中合わせで立ち、顔をカメラに向けたものだ。カメラマンに「いいね、本当にライバルみたいだ」と言われたその写真は、後日プリントされてジムに届いた。

たっちゃんの記事は、故郷群馬での生活については貧しかったことくらいしか触れられず、あとは千葉にきて職を転々としたこと、現在の豆腐屋での仕事内容、ボクシングを始めたきっかけ、日々のトレーニング内容というものだった。

メインで採用された写真はカメラに向かってポーズをとっているものではなく、サンドバッグを打っているところだった。顔を俯け、得意の右ボディを打ち込んだ瞬間で、カメラマンは床に寝そべり、普段は誰も見ることのない角度からたっちゃんの表情を捉えていた。窓から入る西日を背景に、サンドバッグが「く」の字に折れ、汗が弧を描くように飛び散る、とてもきれいな写真だ。ただ、目を剝《む》いて大きく口を開けたたっちゃんの顔は、普段の表情からは想像もできないくらい迫力があった。俺は、悪鬼という言葉を思い浮かべた。

その雑誌の発売から、ジムへの問い合わせが増えた。たっちゃんへの対戦依頼、後援会への入会希望、他媒体からの取材依頼だ。取材に関してはすべてに対応できず、会長が独断で取捨選択した。

そんな中、こんなこともあった。

いつもの土手でたっちゃんと別れ、俺がジムに着いたとき、会長が見知らぬ男を「帰れ！」と怒鳴りつけていた。テープレコーダーを持ったその男は「いいんですか、そんな対応して」と言い返していたが、会長が「書いたらぶち殺す！」とメディシンボールを振り上げたのを見て「知りませんからね」と言い捨てて去って行った。

「なんすか、あれ」

呆気《あっけ》にとられて俺が訊ねると、会長は仏頂面で「なんでもねぇ」とジム内に戻った。俺達に声を荒らげることはしょっちゅうだが、そのときの会長の怒りはそれとは明らかに別種のものだった。なんだか地雷っぽいものを感じて俺はそれ以上訊かなかったのだが、柔軟体操をしていると逆に会長から事務室に呼ばれた。

「田部井の父親について、イチはどの程度知ってるんだ」

「え〜と、職工で酒癖が悪くて、家に金を入れない暴力親父だったたってことくらいですけど」

「それだけか」

「はぁ。さっきの男、それとなにか関係あるんですか？」

いくらか落ち着きを取り戻した会長は「誰にも言うなよ。田部井にもだ」と前置きして説明した。

さきほどの男は総合週刊誌の記者で、田部井辰巳選手の取材をしたいと訪ねてきた。スポーツ紙やボクシング専門誌以外の取材は珍しいので、最初は会長も快く受けようとした。たっちゃんは既にトレーニングを終えてジムにいなかったので、どういった記事内容になるのかを予《あらかじ》め知っておこうと思い事務室に通した。

ところが、男が記事にしようとしているのは、ボクシングとは無関係のことだった。

「田部井の父親は、服役しているらしい」

ゆっくりと腹斜筋を伸ばす動きに力が入り、「痛《いで》っ」と声が出てしまった。

「懲役十七年で、あと数年で出てくる可能性があるそうだ」

「十七年って、たっちゃんがまだ十歳くらいのときに捕まったたってことになりますよ」

「満期じゃなく十数年で仮釈放なら、ちょうど田部井が群馬を離れる頃に放り込まれた計算になるんじゃないか。だからあいつは、地元を離れざるを得なかったのかもな」

「なにをやったんですか？」

「あの記者、こっちの関心をひくためか罪状は言わなかった。けど十七ってのは、まぁ、小さい罪ではないわな」

被害者の多い放火や立てこもり、連続強姦《ごうかん》などなら、メディアで騒がれ記憶にありそうなものだが、それはない。大きくは報道されない殺人、第三者から見ればくだらない喧嘩の果てとか痴情のもつれとか、そこに死体遺棄や損壊が加われば、初犯でも十七年は有り得るのではないか。

会長はそんな可能性を口にした。

「再犯で刑期が長くなったという線も考えられるが……」

会長はそこで言葉を切り、「んなこたどうでもいいんだ」と首を振った。

「そんな父親を持つ男がなにを思い暴力を生業《なりわい》にしているのか、なにと戦っているのか、記事にしたいと言いやがった。更に詳しい話をしようとしたんだが、我慢できなくなってな、追い出した。聞くべきじゃないと思ったんだ。間違ってるか？」

俺は即答できず、上半身を中途半端に傾けたまま黙っていた。

「どんな親を持っていようが、どんな過去を背負っていようが、ボクシングやることには関係ない。それよりなにより、暴力って言いやがったんだぞ。ボクシングは暴力じゃねぇ」

ボクシングは暴力ではない、高度に体系化された芸術だ。

あれこれ言ったところで結局は殴り合い、単純に暴力だ。

多くの人が、正反対ともとれることを言う。同一人物が矛盾した二つの考えを口にすることもある。桶谷会長もその一人だ。

どちらか一方を忘れてリングに上がれば、その忘れた方で痛い目に遭わされる。俺はプロになってから身をもってそれを知ったが、ただ両面があると言うだけでは、なにかが足りないような気もする。

だがそのときの俺は、会長の言葉に「そうですね」と答えた。

会長が腹を立てたポイントと、俺が気にしていることにはズレがあった。だが、ボクシングに関係ないという点では一致している。俺とたっちゃんをつなぐものはボクシングであり、だから父親に関するどんな問題も、俺達の関係性にはなんの影響も与えない。

ＯＫジムは、Ａ級を狙う俺とシャイな悪鬼を中心に回っている。それだけでいい。

父親のこと以外にも、たっちゃんが少し遠くに行ってしまったような感覚や、テツさんが言った消極的自殺願望のことなど、心配事がないわけではない。けれど、俺は輝ける明日というやつが漠然としたものから具体的なものに変わりつつあるのを日々実感しており、そちらだけを向いて進んで行こうと改めて思っていた。

会長は、トレーナーやフィットネス会員を含むジム関係者全員に、取材依頼はすべて自分に回すよう通達した。特にたっちゃんには、雑談レベルでも記者とは一切口をきくなと厳命した。

全員で無視しているうちに、その記者の姿は三日ほどで見えなくなった。週刊誌にたっちゃんの記事が載ることもなく、俺は山ほどある記事の候補の一つに過ぎなかったのだろうと思い、ひとまず安心した。

そんなことがあってしばらく経った頃、たっちゃんと二人でロードワークをしているときのことだった。

　橋のほとりで「久々に競走しよっか」と話していると、河川敷にあの犬がいるのが見えた。ひどく興奮して唸っている。その視線の先には、三人の男達がいた。三人とも揃いの青いジャンパーを着て、手には大きな網や刺股を持っている。

「誰か、保健所に連絡しちゃったのかな」

「かもな。浄化ってやつで、あいつもついに排除か」

　三人は犬を取り囲み、じりじりと距離を詰めていた。犬は尻を上げて頭を低くし、歯を剝き出している。何度も三人の間をすり抜けようとしては、急ブレーキをかけ後退している。

　東京湾に近いこの場所は、年中強い風が吹いている。三人と犬の向こうで、葦《あし》がザワザワ揺れていた。

　犬は川べりまで下がった。三人が息を合わせ、徐々に包囲網を狭めていく。低い「ウ〜」という唸り声に、短く「キャウン」という悲鳴が混じる。落ち着きなく狭い範囲を歩き回り、ついには水の上に突き出る大きな岩の上に追い詰められた。窮鼠《きゅうそ》ならぬ窮犬、人を嚙むか。左腕に毛布のようなものを巻きつけた一人が、「どーどー」と言いながら岩に足を掛けた。右手には口輪を持っている。

　俺たちの背後を大型ダンプがけたたましくクラクションを鳴らして通り過ぎた、そのときだった。

犬は意を決したように、深い緑色をした川面に飛び込んだ。

「あ！」

俺とたっちゃんは同時に叫び、橋の欄干から身を乗り出した。

犬はジャボンと沈んで、しばらく見えなかった。しかし沈んだ場所から数メートル離れたところに顔を出すと、川下へ向かった。泳いでいるというより、緑色の水に流されているだけに見えた。完全に溺れている。

三人の男達は動きを止め、呆然《ぼうぜん》と見ているだけだった。

犬は浮いたり沈んだりしながら、みるみる流されていく。

「行こう」

俺は土手に戻り、川下に向かって駆け出した。たっちゃんも慌ててついてきた。

犬は必死に水面から顔だけ出し、岸に戻ろうと足掻《あが》いていた。こちら岸から五メートルほどの距離で、目は見開かれ歯は剥き出しだ。なんとか二メートルくらいの距離までくるが、また押し戻される。「ヒーン」と、か細い声が何度も聞こえた。

「なにかないか、物干し竿《ざお》とか釣り竿とか」

河川敷に下り、俺はきょろきょろしながら走り続けた。たっちゃんも走りながら「助けるの？」と訊いてきた。

「当たり前だろ、死んじまうぞ」

犬はみるみる岸から離れていった。やがて川の中ほどまで押し流されて、表情は見えなくなった。どうやらそこは流れが渦になっているようで、犬の頭がくるくる回っていた。疲れたのか、諦めたのか、流れに身を委ねているようだ。しかしたまに、またばたばたと足掻く。足掻くたびに、頭が見えなくなる。

「もう無理だよ」

一キロほど追いかけて、たっちゃんが言った。確かに、釣り竿などでは届きそうもない。俺達は並んで、流されていく犬を見つめた。川下に大きな橋の橋脚があり、そのふもとにちょっとした中洲がある。なんとかそこに流れ着け、と俺は願った。

「溺れてるわけじゃない」

小さくなった犬に目を向けたまま、たっちゃんが呟いた。

「溺れてんだろ、どう見ても」

「違うよ。あれが、あの犬の泳ぎ方なんだ」

たっちゃんの口元には、かすかに笑みが浮かんでいた。まるで、保健所の手を免れた犬を祝福しているみたいだった。

「行こっか」

豆粒ほどになった犬に目を向けたまま、たっちゃんが言った。

俺達は土手に上がってジムの近くまで走り、いつものように「じゃあまた明日」と拳を合わせて別れた。

もう無理だった。

輝ける明日の方だけを見て進んで行こうと決めたはずなのに、その犬の件があってから、俺は我慢できなくなった。

その夜の帰り道、俺は電話ボックスに入り、リクエスト用紙に書かれた番号に電話を掛けた。前回の電話から一年半ほど経っていて、もう忘れられている、または居留守を使われることも覚悟したが、

『はいはい、名無し女優でぇす』

ミカちゃんは明るい声で呼び出し電話に出た。かなり緊張して待っていた俺は、思わず吹き出してしまった。

「いや、あれはミカちゃんのことじゃないよ。というか、意味分かってる？」

『気になって男友達に訊いたの。恥ずかしかったぁ』

「友達って、あの彼氏？」

『違う違う』

ミカちゃんはヒラメと別れていた。もともと趣味が合わず、初めは知らないことを経験できて楽しいときもあったのだが、あまりにこちらの都合を考えず浮気性でもあったので、ミカちゃんの方から切ってやったという。

『海だの山だのドライブだのって、寮生活の貧乏医大生にそんな時間はないのだよ』

ヒラメは区議会議員の息子で、超が付くボンボンだった。有名私大の法学部在学中で、ミカち

ゃんをやたらと連れ歩くのは「俺の彼女は医大生」と見せびらかすアクセサリーみたいなものだったという。一応は弁護士志望だが、それも父親の悲願だった国政に打って出るための、国家資格というアクセサリーらしい。

『あんなのが四、五十代になって国を動かすようになったら、どうなっちゃうんだろうね』

「あはは、心配だ」

『ごめん、もらった電話でつまんない話して。それで、なに？』

寮の呼び出し電話では長くは話せない。テレホンカードの残量も二百円ほどだ。俺は「こっちも相当つまらない話かも」と前置きし、ない知恵を絞ってまとめた話を切り出した。

ある人物が、幼い頃から父親に暴力を受けながら育った。学校でもいじめに遭っていた。そんな子供に母親は優しかったが、彼女も夫から暴力を受けていた。子供が小学六年生のとき、唯一の優しい存在だった母親が姿を消してしまった。

「その子が大人になると、やっぱり母親のことを恨むのかな。直接暴力を振るった父親より、強く恨んだりするのかな」

ミカちゃんは『まだ医者じゃないし、無責任なことは言えない』と、答えるのを避けようとした。

そこで俺は「実は俺も似たような生い立ちで」と、言うつもりはなかった自分のことを話した。

俺の父親も、俺や母親に暴力を振るう奴だった。母親は弱い者がより弱い者を叩くタイプで、俺は母親からも暴力を受けた。小学三年生の頃、その母親が離婚して家を出て行った。家庭環境だけを見たら、その人物より酷いかもしれない。

ただ俺の場合、周りに似たような奴が少なくなく、外の世界が俺を受け入れてくれた。父親と母親を恨みはしたが、外では常に仲間達と一緒にいたので寂しかったという記憶はほとんどない。

それでも家庭環境だけは似ているのだから、その人物の気持ちはある程度理解しているつもりでいたのだが、最近になって分からないことが増えてきた。いつかとんでもないことが起こるような気がして、不安でしょうがない。

「行動原理っていうの？　そういう根本的なことは、誰を恨んでいるか、なにに怒っているかが鍵を握ってる。そうだろ？」

『う～ん、私はそうは思わない』

「そっか、でも俺はそう思ってる。だから、そいつの怒りの対象を知っておきたいんだ」

彼女はそこで少し考えてから『大事な人？』と訊ねてきた。

「うん、まぁ、男なんだけど、そうかな」

『いとしのエリーくん？』

俺は「想像に任せるよ」とごまかした。違うと言ってもよかったが、なんだか彼女に嘘は通じないような気がした。

するとミカちゃんは、しばらく考え込んだあとで『講義や本の受け売りで、一般論ってことになるけど』と、こんな話を始めた。

母親がその子になにも言わずに姿を消したとなると、なにか深い事情があったはずだ。精神的に追い詰められた、子供を守り切れないと絶望した、他所に男ができて現状から逃げ出した、あるいはそれらのいくつかが複合的に作用したのかもしれない。

裏切られた、捨てられたという感覚は、優しかった相手だけに強く残り続けるかもしれないが、しかし成長したその子が、それだけで父親より母親の方を強く恨むとは思えない。ある程度の年齢になれば事情を類推し、いなくなっても無理はなかったと赦《ゆる》す方向へ傾くのが普通ではないだろうか。

もし母親を恨むなら、なにか今の話になかった原因があるはずだ。

「例えば？」

『失踪とか蒸発とは言わなかったんでしょ？　だとしたら、亡くなったのかもしれないじゃない。別れも言えなかったなら、突然倒れたとか事故だった可能性もある。そのことを、本人も自分本位のわがままだと分かっていながら、母親を責めてるのかもしれない』

確かに可能性としては、ないとは言い切れない。だがもしその通りなら、俺にあんな言い方はしなかったような気がする。

俺がそう反論するより早く、ミカちゃんは『あとは』と言葉を継いだ。

『その優しさに、問題があった可能性はあるかも』

母親は守っているつもり、子供の方も守られている実感があるとしても、他者から見ればそれも異なる種類の暴力だという場合がある。母親には罪の意識があって、それで黙って姿を消したのかもしれない。そして子供が成長してそれに気付いたら、捨てられた記憶よりも強烈だろう。

彼女はそう言った。

そちらの可能性は、俺にも頷ける部分があった。俺は、大人になったその人物が「優しいと思ってた母さんだって、そうじゃなかったしね」と言っていた、という話をした。

「最初に聞いたときは、なにも言わずにいなくなったんだから、結局は優しくなかったんだって意味だと思った。けど、そうか、ミカちゃんが言う異なる種類の暴力を受けてたって、あとになって気付いた可能性もあるわけか」

『断定はできないよ。あくまで可能性。う～ん、情報がこれだけじゃあ……あ、少し話は変わるかもしれないけど』

彼女は、講義で紹介され最近読んだという本の話を始めた。まだ翻訳が出ておらず原文で読んだので半分も理解できていないかもしれないが、その中に出てくるバイキャメラル・マインド、直訳すると二室の心、というものに強く興味を惹かれたという。

なんでも、複雑な言葉を持たなかった遠い過去の人類は、現在で言うところの神々の思し召しを右脳で感知し、それに従って生活していたという。やがて言葉による複雑な意思疎通が可能になると、右脳で聞いた神々の声を言語中枢が集中した左脳で処理して行動するようになる。

『すると、だんだん神々の声が遠退《とおの》いちゃったの。で、人類は慌てて過去の記憶や古くからの言い伝えを歌や詩に残したり、文字ができると木簡や石板に記すようになって、これらが世界中に同時多発的に生まれた神話の元なのね。更に後になると、特定のシャーマンだけが神々の声が聞こえる人、神々の代弁者として崇《あが》められる存在になって、そういう人が亡くなると巨大な装置としての墳墓や……』

「ごめん、難しい難しい」

『あ、そっか、ごめん、ごめん。じゃあ、思いっ切り端折《はしょ》るね』

要するに、かつての人類は右脳と左脳が別々に機能していて、その状態をバイキャメラル・マインドと呼ぶ。現代人の幻聴、催眠による不可思議な反応、憑依《ひょうい》と呼ばれる現象などはその頃の名残で、これが一定期間以上続くと統合失調症と診断される。つまり遠い昔、人類は全員が統合失調症だったということだ。

『その人が統合失調症というわけじゃないんだよ。けど、さっきの後者の可能性が当たってたとしたらだけど、お母さんのことを心の奥底、つまり本能的には優しいと感じていて、反面、大人になっていろいろ分かってきて、倫理的にとか社会通念上とか、つまり理屈でそうではなかったと考えるようになってるわけじゃない？　要するに、感情と思考が打ち消しあう関係ではなく、矛盾したまま同居している。だとしたら、そのバイキャメラル・マインドに近いのかなって』

まだまだ難し過ぎて、俺は「キャラメル・マインドねぇ」「なるほどぉ」と適当な相槌《あいづち》を打つしかなかった。だがミカちゃんが続けて言った、二室に分かれた心の拮抗《きっこう》が崩れた場合に見られる特徴の一つ『泣くような場面じゃないのに、人目もはばからず急に号泣したり』という言葉にはハッとした。

「もしその通りなら、苦しいんだろうな」

『そうね。苦しいでしょうね、とっても』

数秒、沈黙が続いた。電話の向こうで『男？　男？』という誰かの声が聞こえた。ほかの寮生が、からかいにきているらしい。もう切るべきなのだろう。俺は「長電話してごめん、わけ分かんない話だったよな」と謝った。

『ううん。こっちこそごめんね、ぜんぜん役に立たなくて』

「そんなことない。答えなんか求めてなくて、誰かに言ってしまいたかっただけかもしれない。そんな気がしてきた」

『そっか……ところでボクシングは？　まだやってる？』

「うん、やってるよ。少しは勝てるようになって、たっちゃんは取材も受けた」

『へぇ……あのさ、馬鹿馬鹿しい質問だけど、笑ったり怒ったりしない？』

「しないよ、なに？」

『なんでボクシングなんかやってんの？　痛いし、しんどいし、食べたいものも食べられないんでしょ？　おまけに、ぜんぜんお金にならないって聞いたことあるし』

確かに馬鹿馬鹿しい質問だった。だが改めて考えると当然の疑問で、俺とたっちゃん、全ボクサー、全ボクシング関係者の方が、どうかしているのかもしれない、とも思った。

「俺みたいなのでも受け入れてくれるから、かな」

『なにそれ。ごめん、もうちょっと具体的に』

俺は少し考えてから「俺個人の考えだけど」と前置きし、こんな話をした。

あらゆるプロスポーツの中で、ボクシングは特異だ。

幼少の頃からジムに通ったり父親に鍛えられたりして、アマで豊富な経験を積みプロになる者もいれば、他競技から転向してライセンスを取得する者もいる。現在では少数派だが、打撃系格闘技はおろか一切のスポーツ経験を持たない者も存在する。俺もその一人だ。しかしそういう選手が、世界チャンピオンまで上り詰めることもあり得る。

野球やサッカーでは、他競技からの転向でさえ超が付くレアケースだろう。スポーツ未経験からプロになるパターンともなれば、まずあり得ない。

高校や大学でいくつもタイトルを獲《と》った者やオリンピアン、鑑別所や少年院でボクサーを志した不良少年、ファイトマネーを受け取らない現役警察官、逮捕歴のある元暴力団構成員だっている。そんな、ありとあらゆる経歴を持つ男どもが、同じリングに上がり殴り合う。そしてそのリングは、煌びやかな巨大アリーナであろうが、野次が飛び交う後楽園ホールであろうが、ガラガラの地方の体育館であろうが、確実に世界へとつながっている。そこに上がる男の思惑がどうであれだ。

「両親に疎んじられてゴミみたいに扱われた俺でも、そこへなら努力次第で上がることが許される。そんな場所、他にはない。つまりなんて言うか、世間との関わり方がね、俺には殴り合いしかなかったって感じかな」

そこまで言って、我ながら少し格好つけすぎだと思い「実際は、臆病さとか意志の弱さとか、自分の嫌な部分を発見する毎日なんだけど」と付け足した。

そこでミカちゃんは『怒りの対象か……』と呟いた。なにか別のことを考えているようだったが、少しは俺の言っていることを理解したいという思いがあったのかもしれない。続けて『試合って、どこでやってんの？』と訊ね、俺は後楽園ホールの場所を教えた。

「スケジュールは、ボクシング・マガジンやワールド・ボクシングに載ってる」

『そんな雑誌があるんだ。立ち読みしてみる』

「いや、試合が決まったらチケット送るよ」

『いいよ、行けるか分かんないし。貧乏医大生は忙しいのだよ』

俺は「そうだった」と笑い、ミカちゃんも笑った。

結局、最も訊きたかった消極的自殺願望の話はできなかった。

本気なら、最後に彼女が言ったとおり『本物の精神科医か臨床心理士に相談すれば』いいのだ。それができない俺は、たっちゃんのことを中途半端に心配しているだけだ。

電話ボックスを出ると、弱い雨が降っていた。アーケードまで走ると、電気屋の前に数人が固まってテレビを観ていた。そういえば前日からイラクがクウェートに侵攻したとかで大騒ぎだったが、日本は「それはそれとして」という感じで、相変わらずの馬鹿騒ぎだ。狂想曲が最終楽章〈混沌《こんとん》〉に入る直前の、八月の金曜日だった。

俺とたっちゃんは、その後もテツさんが残してくれたメニューを黙々とこなした。それはジム内の誰よりもキツいもので、桶谷会長がオーバーワークを心配するほどだった。

俺は日々強くなるのを実感し、苦手だった減量も中村豆腐店のおからと湯葉でいくらかコツを摑み、初の六回戦に臨んだ。

結果は二―一の判定勝ちだった。スパーリングなら十ラウンドでも難なくこなせたのに、四ラウンド途中で腕も足も言うことを聞かなくなった。序盤の貯金を使って逃げ切ったものの、激辛三十倍お子様はご遠慮くださいくらいの辛勝だった。

会長は不機嫌に「これからはどんどん格上にぶつける」と言った。口では「望むところです」と答えたが、四回戦とはまるで別次元の世界に、俺はふんどしを締めなおす必要を感じていた。

その試合の数日後、たっちゃんから食事に誘われた。場所はあのファミレスだった。

たっちゃんは試合を一ヶ月後に控えていたので、祝勝会ならそのあとでいいと言ったのだが、彼は「こういうのはすぐやらないと」と譲らなかった。

たっちゃんはドレッシング抜きの野菜サラダを単品で頼んだ。俺もこれから減量に入るボクサーの前で本格的に食べるほど無神経ではなく、サラダとスープだけ注文した。

俺は、六回戦が別次元の世界だという話をした。互いにパンチを出していない時間の駆け引きや、相手の見えない圧《プレッシャー》による消耗が、四回戦とは比べものにならない。そんなことを説明すると、たっちゃんは「楽しみだなぁ」と笑った。

確かにたっちゃんなら、六回戦だろうが十二回戦だろうが、まったく躊躇なく相手の懐に飛び込んで打ち合いに応じる、というか、自分からそういう展開に持ち込むのだろうと俺は思った。

そのあとは、たっちゃんの次の試合のことや、最近世界チャンピオンになった大橋秀行《おおはしひでゆき》とレパード玉熊《たまくま》のことなどを話した。たっぷり時間をかけてサラダを食べながら、たっちゃんもよくしゃべった。わずか四戦目で日本王座に挑戦する辰吉丈《たつよしじょう》一郎《いちろう》のことになると「テレビで観たけど彼はすごいよ。今度、後楽園に初登場だって」と興奮気味に説明してくれた。

口がなめらかになったいまなら答えてくれそうな気がして、俺は思い切って訊いてみることにした。父親や母親、消極的自殺願望のことではない。

「ところで、穴を掘る夢ってまだ見る？」

たっちゃんはフォークを持つ手を止めて、驚いた顔で「なにそれ？」と逆に訊いてきた。

「試合後にうなされてるとき、何度か聞いたことがあって」

「そうなんだ……僕、なんて言ってた？」

「はっきり聞き取れなかったけど、もう掘れないとか、ごめんねとか」

「それだけ？」

「うん。あ、子供の頃の嫌な思い出だったらごめん。もう、うなされてなければいいなと思って」

たっちゃんは半分ほど残ったサラダに目を落とし、黙り込んだ。

俺は悪い話題を持ち出したのだと思い、慌てて「ごめんごめん」と謝り、次の試合の話に戻ろうとした。

「けっこう強敵らしいね。ジムも大手だし」

だがたっちゃんはそちらの話には乗らず、俯いたまま「犬をね」と話し始めた。

「え？」

「犬をね、飼ってたんだ」

　小学五年生の終わり頃から六年生の途中までのごく短い間、たっちゃんは犬を飼っていた。飼っていたといっても、首輪をした成犬の野良犬に給食のパンを与えていたら付いてくるようになり、なんとなく自宅周辺に居着いただけで、リードにつないだり散歩に連れて行ったりはしていなかったという。

「借家だったし、父さんは動物が嫌いだったしね」

　たっちゃんはその犬をジローと名付け、自分の食事を分け与え可愛がった。家でも学校でも怯えながら生きるたっちゃんにとって、初めてできた本当の友達だった。

　学校が終わると、いつもジローと遊んだ。たまには学校をサボって遊んだ。父親に殴られて家を追い出された日などは、人気《ひとけ》のない廃工場や駐車場の隅で一緒に眠ることもあった。

　家の近くをうろつくジローの存在は、すぐに父親にバレた。たっちゃんが学校に行っている間、父親はジローに暴力を加えていた。たっちゃんはすぐそのことに気付いたが、怖くて父親にはなにも言えなかった。母親もジローのことは知っており、父親の暴力を見掛けたときには止めてくれているようだった。その母親が、たっちゃんに「無責任な可愛がり方は、あの子にとってもよくないよ」と言い、ちゃんとした飼い主を探すか、保健所へ連絡するか、それもできないなら戻ってこられないくらい遠くへ連れて行くように勧めた。

「新しい飼い主を探すといっても、せいぜい近所の電柱に張り紙するくらいしかできなくて、なんの反応もなかった。保健所に保護されたら飼い主を募ってくれるって母さんは言ってたけど、はっきり言って汚い成犬だったからね。殺処分になるのは小学生でも想像できた」

残るは、父親の暴力から守るために遠くに捨ててくることだったが、これもたっちゃんにはできなかった。初めてできた友達だったからだ。

「自分が学校へ行っている間は家から離れているようジローに言ったけどね、もちろん犬にそんなこと分かんなくて」

そうこうしているうちに、母親がいなくなった。

父親の暴力はますます激しくなり、ある日、学校から帰るとジローは死んでいた。近所の目を気にしてか、ジローは玄関の三和土《たたき》に横たえられていた。目をひん剝いて長い舌を出しているジローの身体は、腹水でパンパンになっていた。蹴り殺されたのだと分かった。

たっちゃんは泣きながら、初めて父親に殴りかかっていった。母親がいなくなった悲しみも一緒に小さな拳に込めて。だが小柄な小学生が大の大人に敵うはずもなく、返り討ちに遭った。いつも以上にボコボコに殴られて玄関先の地べたに放り出され、たっちゃんはおんおん声を上げて泣いた。

近所の人達は「またか」という感じで、関わり合いにならないよう見て見ぬふりをした。

夜遅くになって、泣きやんだのを見計らったようにやってきた父親に、麻袋とシャベルを渡された。そして、どこか人気のないところに埋めてこいと言われた。野良犬とはいえ、動物虐待で役場や警察が動くと厄介だと思ったようだった。

「それで、山の中に埋めに行ったんだ。他の動物に掘り返されないよう、もう掘れないってところまで深く穴を掘ってね、ごめんねって謝りながら埋めたんだ。そのときのことを、たまに夢に見る」

俺はたまらなくなって「ごめん、嫌なこと思い出させて」と話を止めようとした。だがたっちゃんは「僕が殺したんだよ」と続けた。それだけは、最後に言わなければならないことのようだった。

「自分が寂しくなるからって、逃がしてあげられなかった。ジローが死んだのは、全部、僕のエゴのせいだ」

川に流されてしまったあの犬のことを思い出した。保健所の手を逃れ、川に流されていったことを祝福するようなあのときのたっちゃんの言動が腑《ふ》に落ちたような気がした。とはいえ、俺には完全に理解することなどできない。たとえ溺れ死ぬようなことになったとしても、自ら川に飛び込んだのならば、それはあの犬にとって幸せなことという意味かもしれないが……。

それにね、たっちゃん。

俯くたっちゃんを見つめながら、俺は心の中で呟いた。

なんで、その話をしながら何度も右の眉をピクピクさせているんだ。

この話の、どこに嘘やごまかしがあるんだ？

たっちゃんは翌月の試合で、大手ジムのホープを相手に劇的な逆転ＫＯ勝ちを収めた。この試合も倒し倒されの激闘で、会場はまた沸きに沸いた。たっちゃんは桶谷会長に抱き上げられながら、やはり声を上げて泣いた。

歓喜するOKジム関係者と後援会の人々の中で、俺はなにかが変だと感じていた。勝ち試合で毎回泣いてしまうおかしなルーティンのことではない。

オーバーハンドの右がもろに相手のテンプルに決まり試合は終わったが、いつもの確信を持ってのボディとは違い、苦し紛れのパンチがたまたまヒットしたように見えた。更には、控え室に向かう通路で、たっちゃんは何度も「勝った？　僕、勝ったの？」と繰り返していた。

会長やトレーナーは「なに言ってんだよ」「試合直後はたまにそうなるけど」と、たいして気にしていなかった。

大きな裂傷などはなかったが、試合後のドクターチェックでは受け答えが曖昧で「脳震盪《のうしんとう》を起こしているかもしれないので、病院で検査を」と言われた。会長達は浮かれ騒いで後援会や雑誌の取材に対応していたので、俺は「病院行ってきます」とだけ告げて、たっちゃんと会場をあとにした。

「軽度の脳震盪ですね。安静にして、しばらくトレーニングを控えてください。走ったりサンドバッグを叩くだけでも、脳に衝撃が伝わりますんで」

脳波を調べたあとで、当直医はそう言った。「最善を期すなら後日CTを」とも言われたが、それはたっちゃん本人が断った。

アパートまで送り、そのまま泊まろうとしたのだが、たっちゃんは「今日はいい」と言った。俺は「港の仕事、明日は休みを取ってる」と靴を脱ごうとしたが、強い口調で「いいって」と言われた。すぐに蹴破れそうな薄い扉が閉じられ、その向こうでドスンと布団に倒れ込む音がした。すぐあとに「うぅ……」と呻く声が聞こえた。

たっちゃんは試合のたびにボロボロになっている。そして徐々に、性格が変わっていくように見える。こんな試合を続けていたら、本当に死んでしまうのではないか。休んだ方がいい。休ませるべきだ。

俺はそんなことを考えながら、少し肌寒さを感じられるようになった夜気の中を歩いた。

翌日、俺は桶谷会長に「たっちゃんは半年ほどリングに立てないそうです」と伝えた。二日酔いでソファに横になっていた会長は「おいおい、そりゃ困る」と起き上がった。

「目か？　まさか脳か？」

俺は「脳震盪がちょっとアレだったみたいです」と言うに留めた。会長は医者に確認もとらずに休ませるかもしれない。たっちゃんも、それを素直に受け入れるかもしれない。そのわずかな可能性に俺は賭けた。

その賭けは、やはり上手くいかなかった。会長が医者に確認をとって、たっちゃんは一週間後に練習を再開した。会長は俺を事務室に呼び出して「どういうつもりだ」と問い詰めた。

医者が期間を明確に言わなかったので、半年くらいかなと思った。リングに立てないというのも、トレーニングを控えろという言葉の表現を変えただけだ。俺はそんなふうに答えた。

「試合のオファーがいくつもきてんだよ。田部井はもう客を呼べるボクサーなんだ。怪我や故障がなければ二ヶ月に一試合は……イチ、お前まさか妬《や》いてるのか？」

俺が黙っていると、会長は「気持ちは分からんでもないが」と笑った。嫌な笑みだった。

「しかしそれはイチ、自分が頑張るしかないぞ。いい試合して、A級に上がって、そうすりゃお前だって……」

「俺が妬いてるなら、会長は酔ってるんじゃないですか」

「そりゃあれだ、昨夜《ゆうべ》は大手ジムの会長に誘われてだなぁ、しかしこれも仕事の一環だ」

「そうじゃなくて、たっちゃんに大声援が送られたり雑誌の取材がきたりで浮かれてて、大事なことが見えてないんじゃないんですかと言ってるんです」

会長は「誰が浮かれてんだ、こらぁ！」と怒鳴り、ペットボトルを投げつけてきた。俺は避けずに、まだ水の入ったそれを額で受けた。床に落ちたペットボトルを拾ってデスクに置き、俺は一礼して事務室を出た。

翌朝、玄関の前に段ボール箱が置かれていた。中には、ジムのロッカーに置いていたグラブやシューズなどとともに、赤いマーカーで『出禁』と書かれた紙が入っていた。

驚きはしたが、しばらくすると笑えてきた。「俺がリングに立てなくなってどうすんだよ」と自嘲して、俺は仕事に向かった。

夕方、国道と県道の交差点まで走って行くと、いつも通り配達を終えたたっちゃんが待っていた。普段は軽く挨拶するだけだが、この日は「大丈夫？」と訊かれた。

「出禁、聞いたのか。まぁ、勝手に引退手続きまではとらないだろ。とりあえずジムワーク以外でできることをやるよ」

いつものようにＯＫジムの近くまで走り、いつもの場所で「じゃあ」と言うと、俺はジムに向かわずきた道を戻ろうとした。

「なんであんな嘘、吐いたの？」

たっちゃんが言った。俺は振り返り「それも聞いたのか」と頭をかいた。

「僕、次の試合が決まったよ。来月の二十日」

「そっか。試合間隔、二ヶ月も空けないんだな」

「オファーがいっぱいなんだって。ねぇ、なんであんなすぐにバレる嘘を？」

俺はストレッチをしながら「う〜ん」と唸って、西日に照らされる川を見た。あの日、犬がくるくる回っていた辺りがオレンジ色でキラキラしている。汗ばんだ身体に、冷たい風が心地いい。

「もうやめろとは言わないけど、しばらく休んだ方がいいよ。たっちゃんは打たれ過ぎ……」

「大きなお世話だよ！」

俺の言葉を遮って、たっちゃんが叫んだ。出禁の二文字よりはるかに驚いた。たっちゃんの大きな声を、初めて聞いた。

「自分から誘っておいて、いっくんはなんなんだよ！　なにがやりたいんだよ！　ライセンス取ったからやめろ、一勝できたからやめろ、今度はしばらく休めって、僕をどうしたいんだよ！」

一度目は泣き、二度目は笑い、そして三度目は怒った。これはたっちゃんの成長なのか、祝福すべきことなのか。あの日の、小さくなっていく犬を見つめるたっちゃんの微笑《ほほえ》みが俺の脳裏によみがえる。

「いっくんは悔しいんだ。だから、あんな嘘を吐いたんだ」

たっちゃんは唇を噛んでいた。会長から「イチはお前に妬いている」とでも言われたのか、それとも前々からそんなふうに思っていたのか。

「たっちゃんだって、嘘を吐いてるだろう」

腹立ち紛れだったのか、本当のことを訊きたかったのか、自分でも分からない。気付いたら、そう言っていた。

たっちゃんは「え？」と言って身を硬くした。

「あの犬を埋めたって話だよ。あれ、嘘だろう。夢でうなされるくらいだから穴を掘ったのは本当かもしれないけど、埋めたのはジローじゃない。違うか？」

たっちゃんは口を開けたものの言葉を失ったようになり、大きく見開いた目を俺から逸らした。明らかに狼狽《うろた》えている。その反応を見て俺は、やはりあのファミレスでの話には嘘やごまかしが混じっていたのだと確信した。

俺もたっちゃんから目を逸らし、オレンジ色の方へ視線を戻した。

言うべきではなかった。触れてはならない部分に触れてしまった。口の中に苦いものが広がる。

「明日から、もう別々に走ろう」

そう言われ、俺は「そうだな」と答えた。そしてたっちゃんは、いつもの「じゃあね」も言わずに駆けて行った。俺は長いこと、その背中を見送っていた。いつも別れ際に合わせていた右拳が、なんだか空《むな》しい。

「外れてねぇだろ、妬いてるとか悔しいってのは」

誰かにそう言われたような気がした。

これが、ミカちゃんが言っていたキャラメル・マインドか。俺は「うるせぇよ」と吐き捨て、とぼとぼと土手を歩き出した。


バブルが弾けた。

世間は大騒ぎだったが、もともと底辺にいる俺の生活にはなんの変化もないように思われた。ただ港に届く荷物が少なくなり、やがて船の数自体も減ったと感じるくらいのものだった。

ジムへの出禁は二週間で解けた。意外だったが、あまりジムにこなくなって実質引退状態だった平井が「イチは田部井と並ぶうちのエースでしょうが」と、桶谷会長を説得してくれたらしい。

「事実を言ったまでだ。別に恩を売るとか考えてねぇよ」

ジムにこなくなってからギャンブルにふけっているという噂《うわさ》は俺の耳にも届いており、その言葉を額面通りに受け取ることはできなかった。

「金、貸してくんねぇか。三万、いや一万でいい」

案の定だった。ジムの裏で、もう隠れることもなく煙草を吸いながら平井は言った。俺は返ってこないことを覚悟して二万円を渡した。ジムに復帰できたことには、それくらいの価値はあると思った。

たっちゃんと言葉も交わさなくなって、俺は自分のことだけに集中した。その結果、六回戦で二連勝しA級に昇格、八回戦最初の試合では下馬評を覆す金星を挙げ、日本ランキングの下位に入った。

そして、日本フェザー級十二位として初の試合が、二ヶ月後に決まった。メインで日本タイトルマッチが行われる興行のセミファイナルだ。相手は七位、峯井《みねい》相太《そうた》という元日本チャンピオン。三十四歳のベテランだが、一発の破壊力は健在で若手を何人も潰している。

俺は過去の試合をビデオで繰り返し観て、峯井対策を立てた。桶谷会長とはぎくしゃくしたままで、必要最低限の報告や連絡しかしなくなっていたので、別のトレーナーや出稽古で親しくなった他ジムの選手に助言をもらった。その中には、東日本新人王トーナメント三回戦で俺を破った尹寅徳という選手もいた。彼はその後、全日本新人王に輝き日本ランキング入りしたが、その直後に峯井に敗れてランキングから蹴落とされている。直接峯井と拳を交えている尹の助言は、とても参考になった。

それからもう一つ、試合までに考えなければならないことがあった。この試合から、自分の好きな曲を入場曲に使えることになったのだ。世間の狂想曲が鳴り終わり、やっと俺好みの曲が始まるのだと思った。

俺が二試合をこなす間に、たっちゃんは四試合を三勝一敗で終えていた。相変わらず激しい打ち合いばかりで、前の試合の怪我が完治しない状態でリングに上がることもあったが、初の六回戦ではKO勝ちを収めている。たっちゃんのトランクスには、試合の度にスポンサーの店や会社の名前が増えていった。すべて中村豆腐店の関連で有名企業などないが、数だけは世界チャンピオン並みだ。金額までは聞いていないものの、一試合ごとの収入はA級の俺の倍以上になるはずだ。

直近の試合は俺がセミを戦う一週間前、二試合目の六回戦だった。A級昇格を狙うその大事な一戦で、たっちゃんは五ラウンドTKO勝ちを収めた。減量の追い込み期間中だった俺は、いつかビデオで確認すればいいと思い、初めて応援に行かなかった。

そして、俺のVS峯井相太戦の日がやってきた。

入場曲は、ラモーンズの「ビート・オン・ザ・ブラット」にした。あのガキをバットで殴れと繰り返すだけの曲だ。届くことはないだろうが、茨城の父親と、どこにいるか分からない母親に捧げる曲のつもりだった。ただ二分半しかない曲なので、声援に応えている時間はない。ばたばたして、ちょっと間抜けなリングインになってしまった。

対する峯井は、幟でいっぱいの花道をたっぷり時間をかけて入場した。赤コーナーに立った元日本王者は、坊主頭に顎髭《あごひげ》、潰れた鼻、瞼の深い傷痕など、見るからに歴戦の強者《つわもの》といった風貌だ。普段は建物解体の仕事をしていることもあってか、その剛腕はハンマーと呼ばれる。確かに腕、特に前腕が太かった。「リストが強く一発一発が見た目以上に効く」と、尹も言っていた。

しかし、弱点がないわけではない。ガードを下げ、相手のパンチを見切って上体を振ってかわすタイプだが、近年は動体視力が衰えているのか、反応が鈍くなっている。スタミナにも問題があるようで、五ラウンド以降に失速する試合も多い。

勝負は後半。序盤は距離をとって剛腕をいなし、迎撃に徹すればいい。ポイントは失っても、大きなスイング系のパンチだけは食らってはならない。そして五ラウンド以降に、それまで使わなかった複雑なコンビネーションでたたみ掛けるのだ。

しかし第一ラウンド、練りに練ったつもりの戦略はいきなり破綻した。

パンチの軌道と射程距離を測っている段階で、剛腕が三度振り抜かれた。すべてかわしたが、こんなのが「見た目以上に効く」なら、まともに食らったら終わりだと直感した。しかも右でも左でも、振り切ったあとの返しのパンチが予想以上に速く、懐に飛び込むのも容易ではない。

「あ〜あ、完全にポイント取られたな」

第一ラウンド終了後、コーナーに戻るなり桶谷会長が言った。俺は「立ち上がりはこれでいいんすよ」と強がった。報告連絡以外では久々の会話だった。

「田部井ならどう攻略するかな」

「関係ないでしょう」

セコンドアウトのブザーが鳴り、会長は俺の背中をポンと叩いて「あいつなら、被弾覚悟で突っ込む」と言った。

第二ラウンド、俺はロングフックをスウェーバックでかわした直後、ジャブをダブル、右ストレートを一つ入れた。ほぼ手打ちだったが、きれいに決まった。決定打にはならないものの、ハンドスピードではこちらにアドバンテージがある。

第三ラウンド、同じような展開の中で二度、足が引っ掛かった。右利き同士なのに変だと思ったら、峯井は前に出した左足を通常よりも内側に置く、クローズドスタンスに構えを変えていた。

それも、かなり極端だ。汚い、とは言えない。これもベテランなりの老獪《ろうかい》な防御か。横に回り込んで攻めようとしたが、それではほんの一瞬遅い。

峯井のスイング系パンチに三種類の軌道があることは、尹の助言で分かっていた。横からのロングフック、上からのオーバーハンド、そして大外からくる野球の外野手の遠投みたいなやつだ。メキシカンはこれを「ボラード」と呼んでいる。

実際に対峙《たいじ》してみて、この三つ目が最も厄介だと分かった。頭と拳の距離が極端に離れている。ボクサーの本能として、的である頭に視線が集中しがちだが、そうすると視界の外からパンチが飛んでくることになる。峯井の頭が極端に右下に下がったら、左上から飛んでくるパンチをケアしなければならない。ただし、ブロックしてもこちらの体勢が崩されそうだし、射程が長いのでスウェーバックではかわし切れない。バックステップするしかない。

ところが、さすがは元日本チャンピオン。俺の視線の動きを二度見ただけで、こちらの考えを読み切ってしまった。三度目、見事なフェイントでやられた。

左上からのブローを意識してバックステップしようとした次の瞬間、右下から左が飛んできた。まさにハンマーだった。俺は顎の右側をしたたかに殴られ、マットにうつ伏せで倒れた。

ダウンの経験はあるが、膝や尻餅をついたりする程度で、こんなふうにぶっ倒されるのは初めてだった。めちゃくちゃ痛い。顎に食らったら気持ちよくなって意識を失うと聞いていたが、まるで話が違う。たっちゃんは毎試合のように、これに似たダウンをしている。いつもこんな痛い思いをしているのか。そしてそれは、テツさんが言うとおりなら、自らすすんで……。

「寝てんじゃねぇイチ！　立て立て！　起きろ！」

　会長の声で我に返った。長い時間、考え事をしていたつもりだが、カウントはまだスリーだった。

「首捻ってただろ、効いてない効いてない！」

　そんな記憶はないが、反射的にスリッピングアウェーで受け流していたのか、だとしたら俺ってすげー、などと感心している場合ではない。俺はなんとか立ち上がり、ファイティングポーズをとった。痛みはあるし下顎が変な感じだが、膝は大丈夫だ。本当に、上手くハンマーの威力を殺せたのかもしれない。

　レフェリーが「ボックス」と言ったところで、ゴングが鳴った。

「大きいパンチばっか見てるから、フェイントに引っ掛かるんだ」

　会長にもバレていた。俺が「目を離したら、視界の外から飛んでくる」と弱々しく言うと「聞け」と顎を摑まれた。だからそこ、痛いって。

「大外からくるってことはだ、届くまで時間が掛かる。お前のジャブの方が速い。懐に飛び込んでピシリだ。ダメージは二の次、バランス崩して尻餅つかせろ」

　なるほど、と思った。会長に従うのはなんだか悔しい気もしたが、俺は「やってみます」と素直に答えた。

　理屈では分かっていても、練習でやっていないことが即座に実践できるはずもない。第四ラウンドに入って俺はそのジャブを放ち続けたが、踏み込むタイミングが難しく、わずか二発が浅く入った程度だった。しかしそれだけでも効果はあったようで、峯井がボラードの頻度を減らした。自分の武器は、その弱点さえも熟知しているとみえる。第五ラウンドも、大きいのはロングフックとオーバーハンドだけで、これなら俺にも対応できた。それ以外の直線的なジャブとストレートなら、スピードに勝る俺に分があった。

そして第六ラウンド。やはり峯井のペースが落ちた。しかし残りすべてのラウンドを取ったとしても、こちらがダウンしている分、ポイントでは不利だ。倒さなければならない。

俺はポイントで、峯井はスタミナで、双方が焦っていた。

俺の焦りが悪い方に出た。前掛かりになって攻め込んでいるとき、峯井が半歩下がって頭を下げた。俺は久々のボラードだと気付いた。一瞬ジャブを出すのを忘れ、左上からくるパンチを意識してしまった。俺はまたフェイントに引っ掛かり、下からの左を顎に食ってダウンした。

会場の声援も、会長の声も、聞こえなかった。すべての音が消えた。今度のはしっかり効いている。

なにも考えられなくなるまで繰り返して、身体に染み込ませた動きしか、リングでは出せない。ずっと前に俺がたっちゃんに言った言葉だ。自分で言っておきながら、本当にその通りだと納得させられる……。

「立てこらぁ！」

桶谷会長の怒声と、マットを激しく叩く音が耳に届いた。

「今も首捻ってたぞ、効いてないだろ！」

今度は絶対に首など捻っていない。さてはさっきのも嘘か。俺は会長に対して「くそが」と吐き捨てながら、なんとかカウントエイトで立ち上がった。そして、クリンチとホールドで時間を稼ぎ、激しいブーイングの中、なんとかそのラウンドを凌いだ。

第七ラウンド、幸い峯井は仕留めにこなかった。スタミナが底を尽き掛けているのだろう、残りは流して判定勝ち狙い、あるいはラストラウンドのために体力温存を図っているようだ。双方にブーイングが飛ぶラウンドとなったが、おかげで膝のバネが少し戻った。

練習してきたことに身を委ねる。考えるより早く、自分の身体が反応するのを信じる。残っているのは、もうそれだけだった。

ラストラウンド、俺は基本に立ち戻ってジャブで先制した。峯井は動体視力頼りでかわそうとするが、反応は明らかに鈍い。パンパンとダブル、トリプルでジャブが当たる。

峯井は最後の力を振り絞って、またスイング系を出し始めた。まだ威力はあるが、こちらの目も慣れていた。右のロングフックに、俺は右ショートをカウンターで合わせた。峯井の膝が折れた。会場が、逆転への期待に大きく沸く。

リング中央で、足を止めての打ち合いになった。腕が重い。顎が痛い。いくら吸っても酸素が肺に入ってこない。

もう、なにも考えられない。相手が誰なのか、なぜ殴り合っているのか、自分が何者なのかすら分からなくなってくる。なんでボクシングなんかやってんのかだって？　分かるもんか。ただ、やらなければやられるという思いだけで、必死に身体を動かしているだけだ。

ボラードがきた、バックステップでかわせ、下がり過ぎだ、遠い、深く踏み込んでジャブを打て、かわされた、左がくる、避けるな、玉砕覚悟で、より速く、より強く、右を振り抜け……。頭で考えたのではなく、身体が勝手にそう反応した、のだと思う。

風を切る音がヒュンと聞こえた直後、右拳にこれまで感じたことのない手応えがあった。大歓声で我に返ると、峯井が仰向けに倒れていた。両腕を広げ、動かない。レフェリーが顔を覗き込み、カウントを取らずに両手を交差させた。

第八ラウンド二分二十六秒、俺の逆転TKO勝ちだった。

桶谷会長がリングに飛び込んできて、膝をつきそうになった俺を支えた。そして耳元で「最後、なにをやった？」と訊いてきた。俺はなにも覚えていなかった。

リングサイドに尹寅徳がいた。親指を立てる彼に、俺は感謝の意を込めて、まだ痺《しび》れが残っている右のグラブを向けた。すると尹は俺を指差し、その指を自分に向けた。「次は俺とやろう」という意味らしいが、悪い、いまはなにも考えたくない。

会長に支えられながら赤コーナーに挨拶に行くと、峯井にも「最後のあれ、なんだ？」と訊かれた。俺は正直に「すみません、覚えてないんです」と答えてグラブを合わせた。

その後、勝利者インタビューを受けたが、インタビュアーがなにを言っているのかよく理解できず、俺は『ありがとうごじゃいました』と繰り返した。会場が笑い声に包まれる中、俺はなぜか嗚咽を漏らしていた。その泪の正体は自分でも分からなかったが、ただ射精に似ていると感じた。長く長く、いつまでも続く射精だ。

決して下ネタではない。ジュンブンガクみたいだ。だからこれはいつか、たっちゃんにも伝えなければならない。

控え室に戻ると、メインイベントまで時間があるとかで、モニターにこの日のダイジェストが映し出されていた。俺の最後の右ストレートは、スローも含め何度も流された。

俺は長椅子に横になって、その映像を不思議な感覚で観ていた。

バックステップでボラードをかわした俺は、ロープ際まで下がっていた。峯井と二メートル近く離れている。そして右足で踏ん張り、大きなストライドでその距離をワンステップで詰めようとした。左肩を前に出し、踏み込みと同時にジャブを放つ体勢だ。

峯井が右足を前に出した。俺の突進を足でブロックすると同時に、サウスポーへのスイッチにもなっている。スローで見ると、俺の左足は峯井が前に出した右足をわずかに避け、またぐ格好で着地した。

俺のジャブをかわして、峯井は上体を大きく左に傾けた。そして起き上がりながら、左をフルスイングする。俺も左側に倒れ込むようにしながら、右ストレートを放っていた。

峯井の左と俺の右が交差《クロス》した。俺は頭の位置をずらしていたので、峯井の左は右側頭部をかすめただけだった。これがヒュンという音の正体だ。俺の右は、峯井の顔面に直撃していた。

スローで見ると、俺の右グラブで潰れた鼻の奥で峯井の目はしっかり開かれ、俺の顔を睨んでいた。しかも、すぐにダウンしたわけではなかった。おそらく意識は飛んでいる状態で、返しの右を打とうとしながら腰ががくんと落ち、空振りした勢いで一回転してから仰向けに倒れた。鳥肌が立った。すごいボクサーだ。そして、よくぞこんな男に勝てたものだ。

「踏み込みもすごいが、このバレバレのジャブが曲者《くせもの》だ。グラブで峯井の視界を限定して、右が当たる位置に頭を誘導している。で、その右が更にすごい。このときの峯井に見えている世界を想像してみろ、ゾッとするぞ」

頷きながら映像を観ていた桶谷会長が、解説を始めた。

「ジャブを放ったときにはもう、右の溜めが完了している。しかも左肩が前に出ている状態で、右肘をたたんで背中側まで引いているから、峯井にイチの右拳はまったく見えていない。ところが目の前のイチの顔が傾いたと思ったら、さっきまで顔があったところに、もう右拳が迫ってるんだ。これはかわせない」

最後に会長は「左右逆だが、ブルーウェーブの星野《ほしの》のピッチングフォームに似てる」と、小さく腕をたたんでボールを投げるジェスチュアをした。平井や他の練習生達は、肘をたたんで自分の背後に拳を隠すようにしながら「理屈は分かるけど」「イデデ」「ピッチングはバッターに対して真横、下手すりゃ背中向けるでしょ、ジャブを打つ体勢からじゃ無理ですって」などと騒いでいた。

黙ってモニターを見続ける俺に、会長が訊ねた。

「よぉイチ、こんなパンチの練習、やってたか？」

やっていた。コンビネーションの練習ばかりやらされ、たっちゃんのような強いパンチがあればと愚痴をこぼす俺に、テツさんが教えてくれたパンチだ。

「股関節の柔軟性と肩甲骨の可動域を最大限に活かした、イチにしか打てないパンチがある」

テツさんはそう言った。パンチ力に突進力を加える、ギリギリまで右拳を見せない、相手がまさかと思っているタイミングで打つ。この三つが重なれば、一撃必殺のパンチになる。

「大きく踏み込めば、相手は最も射程が長いジャブを警戒するが、そこが狙い目だ」

そして、一足飛びの大きな踏み込みとジャブ、限界まで肘を背中側に引いた状態からのストレートの練習が始まった。

「頭の位置は下がってもいいから、もっと大きなストライドで」

「通常のワンツーじゃなくワン・ツーだ。故意に間を作るんだ」

どちらとも一つずつならできたが、上半身と下半身の連動が上手くできなかった。三つ目の条件、相手がまさかと思っているタイミングで打つというのは、更に難しかった。

シャドーやミット打ちで複雑なコンビネーションを繰り返している最中、テツさんが「いま！」と叫ぶと、バックステップして踏み込みワン・ツーを打つのだが、毎回「浅い！」「上下がバラバラ！」と怒鳴られた。テツさんがいなくなったあとも独自に練習していたが、結局、一度も「これだ」という感触は摑めなかったはずだ。

それが見事に決まった映像を見るのは、不思議な感覚だった。

「そろそろ行くぞ」

会長に言われ、俺は恐ろしく重い身体を起こした。試合後の検診で、俺はレントゲンを撮るように言われていた。顎の痛みが治まらず、嚙み合わせもなんだか変だった。

検査の結果、下顎にヒビが入っていた。眼窩底《がんかてい》と肋骨《ろっこつ》にもヒビ、右拳にも脱臼があった。しばらく固形物が食べられず、精密検査も必要ということで、何日か入院することになった。

職場には一週間の休みをもらった。意外だったが、すぐに港湾荷役の何人かが見舞いにきた。俺が所属する組の長が「すげー試合だった」と言ったのは更に意外だった。

その組長は「早く帰ってこねぇと、いくら若くてもどうなるか分かんねぇぞ」と脅すようなことも言った。なんでも荷物の数が極端に減り、労働者が何人か解雇されるという。基本的に高齢の者から切られるようだが、試合の前後に休みを取る俺も候補に入っているそうだ。好景気では蚊帳の外だったが、不景気ではきっちり中に入れてくれるらしい。

複数の検査を受け、それ以外の時間は何度も深い眠りに落ちていたが、二日もすると退屈になった。それでやっと、たっちゃんが峯井戦の応援にいなかったと気付いた。

着替えを持ってきてくれた村本に「たっひゃん、ろうひれる」、つまり「たっちゃん、どうしてる」（以下自動翻訳）と訊ねると、彼は「聞いてないのか？」と驚いた。

「イチには見舞いがてら報告に行くって、田部井本人が……」

「きてねぇよ。報告って、なんの」

村本は「う～ん」と唸ってから、言った。

「引退だって」

突然過ぎてなにも言えない俺に、村本は「網膜剝離、こっちの」と右目を指した。日本ボクシングコミッション《JBC》の規定で、網膜剝離イコール引退とされる時代だった。

「俺や平井さんは、ジムには残れって勧めたんだ。けど、やめちゃった。小さくても引退式と送別会やろうって言ったのに、それも断って」

俺は動揺した。たっちゃんに対してか、こんなところで寝ている自分に対してか、ふつふつと怒りが湧いてきた。

「なぁ、イチ……」

その怒りは、心配してくれている村本に向いた。

「うるせぇ！　帰れ！」

「な、なんだよ。人がせっかく……」

「黙れ！　お前なんか禿げちまえ！」

「禿げるか、馬鹿。汚れた服、持って帰ってやんねぇからな」

水差しや枕やエロ本を投げつけていたら通りかかった看護師にこっぴどく叱られ、村本は本当に汚れ物を持たずに帰ってしまった。

しょうがないので院内で売っている白ブリーフを三枚買った頃に退院し、俺はすぐたっちゃんのアパートに向かった。鍵が閉まっていて、玄関前のビニール傘と洗濯桶《おけ》がなくなっていた。裏側に回って見上げると、カーテン代わりの段ボールとサウナスーツも見えなかった。

その足で中村豆腐店に行ったが、たっちゃんは店まで辞めていた。店主の中村は「理由を訊いても、ごめんなさいって謝るばっかりでさ」と、本当に残念そうに言った。

「確かに配達ミスは多かったけど、気にするなって慰めてたんだが」

「配達ミス、多かったんですか」

「あぁ、特に計算とか急な変更とか、ミスが多かったかな」

最後に店主は「顎、まだひっついてないんだろ」と言って、絹豆腐を五丁も渡してくれた。俺は礼を言って、店をあとにした。

その夜、豆腐を食べながら、たっちゃんの最後の試合をビデオで観た。相変わらず激しい打撃戦で、相打ちも多かった。左のパンチをよくもらっていた。最後は得意のボディへの右で、見事なTKO勝ちだった。これで俺と同じ、A級ボクサーになるはずだった。

TNTの幟が振られる中、たっちゃんはレフェリーに右手を挙げられていた。リング全体を捉えた定点カメラなので、表情までは分からない。だがやはり、泣いているように見えた。

数日後、俺は以前たっちゃんの取材にきた雑誌記者に電話を掛けた。電話番号は、ジムの壁に『告　この者の取材には応じぬこと』という文言とともに貼り出された名刺からこっそり書き写した。

その加納《かのう》という記者は、俺がOKジムの者だと名乗るとしばらく黙ってから、『あぁ』と忘れていたという感じの反応を示した。

『あの件なら、もう記事にはしないから』

俺が用件を言う前に、加納はそう言った。なんでも桶谷会長が雑誌社に苦情の電話をしたとかで、そういう電話だと思ったようだった。

そうではない、田部井が引退と同時に姿を消したので捜している、もし取材を続けていれば居所を知っているのではないかと思い、電話をした。俺がそう説明すると、加納は『へぇ、引退したんだ』と興味なさげに言った。

『自分から姿を消したんなら、捜さないであげた方が彼のためなんじゃないかな』

父親がらみの記事を書こうとしていた記者とは思えない言葉に、俺は思わず「はぁ？」と返してしまった。敵意は充分に伝わったようで、加納は『あのさぁ』と言葉を継いだ。

『別におたくの会長に文句を言われたから記事にするのをやめたわけじゃない。ただ単に、記事としてつまらないと判断したからやめたんだ』

「つまらない、ですか」

『そうだよ。調べれば調べるほど、公にしたところで誰も得しないし誰も喜ばないと分かった。つまり、つまらない。そういうこともたまにはあるんだよ』

「父親が起こした事件が、ありきたりなものってことですか」

加納は『そうじゃない、彼の……』と言い掛けてやめた。電話の向こうで、受話器を持ち替える気配がした。

『あんたがどれほど彼のことを知ってるのか、どれほど親しかったのか知らないけど、なにも言わずに姿を消したんなら、それが彼の答えだ。尊重してやれよ』

「彼の、田部井の過去になにがあったんですか」

『たとえボツネタでも、取材で知り得たことは第三者には教えられない』

俺がなにも言い返さないでいると、加納は『ただ、これだけは教えてやる』と続けた。

『手紙のやりとりを数回しただけだが、父親は出所しても息子に会う気はないそうだ。むしろ彼のことは避けたいと思っているようだった』

「なぜです？」

加納はその問いには答えず、『あんたもこれ以上、関わるべきじゃない』と言って電話を切った。

たっちゃんの過去には、なにかがある。少なくとも、ゴシップライターがいったんは食指を動かす程度には。しかもそれは、父親の服役と無関係ではない。

気にならないと言えば嘘になる。だがそれは、悔しいが加納が言った通りで、たっちゃんの口から直接語られなければ駄目だ。真実がどうあれ、彼が俺になにも言わないと心に決めているなら、それは俺とたっちゃんとの関係において不要な真実なのだ。

「それならそれでいい、気にすることはない」

自分に言い聞かせるようにそう呟いて、俺は電話ボックスを出た。

それから数日後、俺は職場に復帰し、少しずつトレーニングも再開した。

国道と県道の交差点では、毎日たっちゃんの姿を探した。そこで合流する習慣は何ヶ月も前に途絶えてしまっていたが、またいつか戻ってくるのではないかと思っていた。

けれどいくら見回しても、たっちゃんはいなかった。現役生活二年八ヶ月、六勝三敗一分の戦績で、ＴＮＴ田部井辰巳はグラブを壁に掛けた。同時にたっちゃんは、あの犬みたいにどこかへ流れて行ってしまった。

一年が経った。

平井はライセンスの更新をせず、正式に引退した。本格的にギャンブルにのめり込み、闇カジノに出入りしているという噂もあった。金を借りるために、たまにジムに顔を見せる。村本もC級のまま引退し、父親がサイドビジネスでやっている飲食店の店長に落ち着いた。後楽園ホールの近くにあるバーで、大型プロジェクターでボクシングの試合を流している。

それ以外にも何人かのプロ選手がやめ、代わって新しい練習生が増え、ＯＫジムの雰囲気は随分と変わった。

「おらおら、休むなぁ！　右に回り込んでジャブだよジャブ！」

桶谷会長は機嫌が悪かった。定期収入の源が何人もやめ、プロテストに合格したばかりの若手達には「使える」存在がいないせいだ。しかし最も大きい理由は、俺にあるのかもしれない。

俺は峯井戦の後、一勝してランキングを六位まで上げた。タイトル挑戦も視野に入ったかに思われたが、続く試合でアマ二冠のホープに敗れた。その試合で右拳の古傷が悪化して半年ほどリングから遠ざかっているうち、ランキングは十二位に逆戻りした。

「拳はどうなんだよ、もういけるだろう」

会長は三日おきくらいに俺を事務室に呼び出し、そう訊ねる。俺としてもそんなに長い試合間隔は初めてで、すぐにでもリングに上がりたかった。しかし前回、試合前から違和感があったのに無理をして悪化させた経緯もある。

「八割くらいの力なら打てますけど、今度は完治させたいです」

「八割で充分だ。あとは技術でカバーしろ」

峯井戦後の二試合、大手ジム主催の興行でセミファイナルを戦ったこともあり、俺のファイトマネーは瞬間的に跳ね上がっていた。ランキングが落ちても、まだ大きな興行のオファーは複数ある。賞味期限が切れないうちに、会長はすぐにでも試合をやらせたいようだった。

俺が黙り続けていると、会長は小さく舌打ちして「分かったよ、もう行け」と、犬でも追い払うように手を振った。

「ったく、どいつもこいつも使えねぇ……」

乱暴な手つきで郵便物を選別しながら、会長がいつもの台詞《せりふ》を呟いた。普段なら一礼して事務室を出るところだったが、その日の俺はデスクの前に留まり、言った。

「金策で大変なのは分かります。でも、選手のことを使えるとか使えないとか言うの、やめてもらえませんか」

「はぁ？」

「俺達は会長の所有物じゃない」

「ものの喩えじゃねぇか。分かったよ、もう言わない」

頭を下げて行こうとすると、今度は会長が「おい」と呼び止めた。よほど腹が立ったのだろう、ラウンド終了間際に一発返すみたいに言った。

「黙っておくつもりだったが、教えてやる。対戦オファーの一つは、尹からのものだ」

攻撃の意思を示す形だけのパンチではない。確信を持って鼻っ柱を直撃する一撃だった。

尹寅徳は俺を追い抜き、日本フェザー級三位になっている。いまはこちらが対戦をお願いする立場だ。だがせめて一桁に返り咲かなければ、やりたいなどとは言えないと俺は思っていた。

「日本タイトル戦がなかなか決まらず、国内の東洋ランカーも逃げ腰で、試合日照り一歩手前らしい。二ヶ月後の興行に出場は決まってるのに相手は未定。海外から適当な選手を呼ぶかってところに、お前へのオファーだ。ジムの思惑としては経費節減と調整試合を兼ねたものだろうが、尹本人の思惑は違う。そうだろ？」

会長も、峯井戦後のアイコンタクトや、尹の試合があるたびに俺がジムワークを休んで観戦していることに気付いていたらしい。

やりたかった。だが、

「八割の力でやっても、彼に失礼です」

半分は本音、半分は弱音だ。

それを分かってだろう、会長は「田部井なら、どれだけ故障してても喜んで受けたぞ」と言って笑った。俺はドアノブに手を掛けたまま「それでたっちゃんは潰れたんでしょう」と答えた。

「網膜剝離が分かって、たっちゃんがジムもやめるって言ったとき、会長は止めなかったそうですね。使えなくなったからですか」

今度ははっきり聞こえるように舌打ちをして、会長は老眼鏡を外した。いつかみたいにペットボトルは飛んでこなかったが、刺さるような視線を感じた。俺は小さく頭を下げて事務室を出た。

この一年間、たっちゃんのことを考え続けていたわけではない。ロードワーク中に犬を見掛けたときとか、たっちゃん絡みの会話のあとで、ふと、どうしているのだろうと考えるくらいだ。ただ、一度思い出してしまうとしばらくは頭を離れない。

「いっくん、ありがとう」「生まれて初めて、楽しい思いができたよ」「悔いはない」「いっくんも頑張って」

そんな声が聞こえるような気がする。俺はその度に「そうだよな、たっちゃん」と答え、自分を慰めていた。懐かしい、少し困ったような笑顔が見たい。いとしのエリーが聴きたい。峯井戦で分かったこと、更に分からなくなったこと、話したいこと、訊きたいことが、たくさんあった。

それから数日後のことだった。平井が久々にジムに顔を見せ、若手にコーチのようなことをやりながら俺に話し掛けてきた。たっちゃんのことだった。

「知り合いに聞いたんだがな、田部井の奴、素人に殴らせてるらしいぞ」

一瞬なんのことかわからなかったが、客に大きなグラブを着けて殴らせ、こちらは一切打ち返さずに防御だけするという、一種の大道芸のようなものをやっているとのことだった。

「錦糸《きんし》公園や亀戸《かめいど》中央公園でやってるんだと。船橋《ふなばし》の天沼《あまぬま》弁天池で見たって話も聞いたな」

すべて総武線《そうぶせん》沿線、それも狭い範囲だ。その辺りに住んでいるのかもしれない。

それから俺は、時間を作ってはその三つの公園に行き、たっちゃんを捜した。ジャグラーや弾き語りに「殴らせてる男はいないか」と訊いて回り、どうやらそれぞれの公園で週に一回くらいやっていると分かった。曜日は決まっておらず、昼間のこともあれば、夜遅い時間に酔っ払いを相手にしている場合もあるという。偶然出くわす確率は、かなり低い。俺はジムワークを休む日を増やし、一晩で三箇所を回るようにした。

そして一週間後、錦糸公園でのことだった。

時刻は午後九時を過ぎていたが、公園には大勢の人がいた。階段や手摺《てす》りを使ってスケボーをする集団、壁に向かって漫才の練習らしきことをする数組など、年齢層は若い。アンプを使ったバンドと、ダンスグループの周りでは、酔っ払いや若者達が見物していた。

公園は曖昧なラインで区切られているようで、見物する者達も、酔っ払い以外は髪型や服装で種別が分かれていた。その中に、一際目立つ特攻服の一団がいた。酔っ払い達とともに半円状になり、なにかを見物している。

その人垣の中心に、タイマーをリセットしている男がいた。傍《そば》には、いま終えたばかりの酔っ払いがぜえぜえ言いながらうずくまっている。男が植え込みの縁石に腰を下ろした。髪が伸び無精髭も目立つが、たっちゃんに間違いなかった。右目の周りが赤黒くなっている。

たっちゃんは次の希望者を募ることもなく、俯いて座っているだけだ。縁石に立て掛けた段ボールに、汚い字で『1分1500円　2分2000円　3分2500円　ダウンさせたら無料』と書かれている。三分の下には『※おすすめしません』とあった。人垣の内側、リングの四分の一ほどのスペースは、きれいに掃かれて砂利も凹凸もなかった。

後方から覗き込んでいると、前にいた赤い特攻服のリーゼントが「行けよ」と隣の金髪をけしかけていた。こちらは日章旗が付いた黒い特攻服だ。金髪が「楽勝だよ」と答え、リーゼントが「手加減しろよ、お前が本気《マジ》になったらヤベェから」と笑った。ゴレンジャーみたいな色違いの特攻服数人が「ボッコボコにしても問題ないんだよな」「倒して金もらえ」と更に煽った。

金髪が黒いのを脱いで黄色に渡し、ニッカボッカに地下足袋《じかたび》という姿で半円の中に入った。まだ十代に見える。

「五分やらせろよ。それで三回ぶっ倒したら、この金全部くれ」

たっちゃんの足元にあった海苔《のり》の空き缶には、たくさんの小銭と千円札が数枚入っている。たっちゃんは顔を上げて「ご、五分は危険だ」と答えた。特攻服達が一斉に笑い「こいつビビってんぞ」「お前が危険なんだろ?」と騒いだ。

「客がいいって言ってんだよ。一回もダウン取れなかったら一万払ってやるから」

酔っ払い達からも「客を選ぶな」「やれやれ～」と声が飛び、たっちゃんは首を振りながら立ち上がってグラブを金髪に渡した。マジックテープで手首をとめるタイプで、おそらく十二オンスのものだ。殴らないたっちゃんも同じものを着けた。

ゴングもブザーもなく、タイマーをセットしたたっちゃんの「はい」という合図で始まった。

金髪はいきなり左を大振りした。たっちゃんは軽くかわし、グンと懐に飛び込んだ。金髪が驚いて大きく下がり、右側に回ってまた左を振ったが同じ結果だった。

たっちゃんはやや距離をとり、両手を下げて構えた。右目がどの程度回復しているのか分からないが、この実力なら上体を振るだけで充分だと判断したのだろう。通常より距離をとったのは、おそらく足まで視界に入れるためだ。蹴りを使う者も少なくないのだろう。

金髪は懲りもせず、両腕をブンブン振り回した。一分もすると前進に足が追いつかなくなり、やがて自分のパンチの勢いでつんのめるようになった。たっちゃんは一発かわすたびに、懐に飛び込んで「シッ」「フン」と息を吐く。よく見ると、パンチこそ出さないものの、肩を振り拳を握っていた。想像上の攻撃をしているのだと分かった。

「もっと近くにいろよ！」「じっとしてろ！」「汚ねぇぞ！」

余計に疲れるだけなのに、金髪が一発ごとにそんなことを叫び始めた。そして二分過ぎ、金髪は前蹴りを出した。たっちゃんは狭い場所で、マタドールのようにこれを避けた。素早い。現役時代よりも動きにキレがあるように見えた。続く回し蹴りもガードで防いだたっちゃんは、滑るように金髪の背後に回り込んだ。足さばきも、現役時代より上達している。

標的を見失った金髪はきょろきょろし、リーゼントが「後ろだよ」と呆れた様子で言った。金髪は振り返って突進しようとしたが、足が絡んで無様に転んだ。酔っ払い達が一斉に笑った。

「もういい、やめだ！　逃げ回ってばっかじゃねぇか！」

金髪はグラブを外して放り投げ、大の字に寝転がった。腹のサラシが激しく上下している。

たっちゃんがグラブを拾って、その腹に置いた。

「五分と言ったのはそっちでしょう。まだ二分半もある。立ってください」

酔っ払い達が「立てよぉ」「まだ終わってねぇぞ」と囃《はや》し立て、特攻服達まで「ヘバんの早《はえ》ぇぞ」「ケツまくんのか」と言った。

たっちゃんは「立て」と強く言い、金髪の肘を両グラブで挟んで引っ張った。金髪はよろよろと立ち上がると、まだ構えていないたっちゃんに素手で殴りかかった。

左拳が、右テンプル辺りをかすめた。不意打ちを食らったたっちゃんは「うっ」と唸り、数歩後退した。リーゼントが「チャンス！」と叫び、金髪は腹に前蹴りを見舞った。今度はまともに入った。たっちゃんは更に後退したが、踏ん張ってダウンは免れた。

金髪がとどめとばかりに大きな右フックを放ったが、これはダッキングでかわした。続く膝はクロスガードで防ぎ、左右フックも軌道の下をくぐった。頭を下げるだけのダッキングが徐々にU字を描き、左右に体重移動するウィービングになっていく。

たっちゃんが「シッ」と息を吐くたび、想像上のパンチが金髪のボディに決まるのが見えた。何度か空振りを繰り返した後、金髪はその幻のパンチを決められたみたいに膝をついた。

「もういい……マジで……やめ……」

その顔は、酸欠で青白くなっていた。

「駄目だ。立て」

たっちゃんがまた、無理やり立たせる。

あとの一分半は、金髪にとって地獄だっただろう。彼は何度も座り込み、その度に無理やり立たされた。もう不意打ちもできない。ラスト三十秒は拳を握ることすらできず、喉の奥からヒューヒューと音をもらしながら、たっちゃんを睨みつけるだけだった。

タイマーがピピピと鳴り、たっちゃんはマッサージが終わったくらいの感じで「はい終了」と言ってグラブを外した。金髪は糸が切れたように、へなへなとその場に座り込んだ。

黄色が、黒い特攻服を金髪の膝の上に放り投げた。リーゼント達は金髪を助け起こすこともなく、「ダッセェ」と言い残して去って行った。金髪もやっとの思いで立ち上がり、そのあとを追った。酔っ払い二人が「一万円は！」「通常の料金も払ってねぇぞ！」と叫んだが、特攻服達は誰も振り返らなかった。たっちゃんも、酔っ払いに「いいんですよ」と言っていた。

俺は人垣をかき分けて、縁石に座って水を飲んでいるたっちゃんに「元気そうだね」と話し掛けた。

たっちゃんは俺を見上げた。右目の周りの痣が、何日か前にできたものだと分かった。

なにも言わないたっちゃんに、俺は「フットワーク、上手くなってない？」と笑った。だが、

「何分にしますか」

「え？」

「三分だったら、ちょっと休んでからでいいですか」

俺の真後ろに外灯があって、てっきり逆光で顔が見えないのだと思った。俺は顔を近付けて
「客じゃない。俺、イチだよ」と言った。

たっちゃんは顔を伏せた。手がかすかに震えているようで、ペットボトルの蓋がうまく閉められない。俺は肩を摑もうとしたが、払いのけられた。

「客じゃないなら、そこ退《ど》いてくれませんか」

俺は右手を中途半端に伸ばしたまま固まって、なにも言い返せなかった。酔っ払いの一人が

「俺のブーメランフックが火を噴くぜ」と言いながらやってきて、俺を押し退けた。

我に返り、俺は酔っ払いの前に出て「なぁ、たっちゃん」と改めて話し掛けた。

「あのときのこと、まだ怒ってんのか？　だからってシカトすることは……」

そのとき、人垣の一部が割れるように広がり、黄緑色のベストを着た三人組がやってきた。繁華街をパトロールしている市民グループのようだった。

「あらら、お兄さん、またお金取ってんの」「駄目だよ、許可なく商業活動しちゃ」「前回は目をつぶってあげたけど」

たっちゃんは慌てて缶に蓋をして「取ってないです。こ、これは僕の財布」と答えた。

酔っ払い達が散り散りに去って行き、ブーメランフックの男も脱いだ上着を抱えたまま逃げるように駅の方へ向かった。

たっちゃんも、手早くグラブや段ボールを片付けると、黄緑色の三人にペコペコしながら繁華街の方へ消えた。

俺は追いかけることもせず、一人、外灯の下で立ち尽くしていた。俯くと、きれいに掃かれた硬い土の上に、どたばたした地下足袋の跡と、たっちゃんのフットワークの跡が残っていた。スニーカーの底は、きれいに円を描いている。しかし、さっき見た繁華街に向かう足取りは、少しよたよたしていた。

そして俺は、試合直後のたっちゃんが勝敗を分かっていなかったこと、その後のドクターとの会話が要領を得ないものだったこと、配達ミスが多いという豆腐屋の言葉を思い出した。ペットボトルの蓋がうまく閉められなかったのは、俺が突然現れて動揺しているのかと思ったが、どうやらそうではない。

俺はたっちゃんを追って、繁華街へ向かった。

右目の網膜剥離どころではない。たっちゃんは打たれ過ぎてパンチドランカー《慢性外傷性脳症》になっている。シカトしたわけではなく、俺のことを忘れてしまったのだ。パンチドランカーになった者も、ファイティングポーズをとると震えがピタリと止まると聞いたことがある。あの華麗なフットワークも、きっとそういうことだ。

そんなことを考えながら歩いていると、目の端に色鮮やかな一団が見えた。コインパーキングの隅に、あの特攻服の奴らが固まっていた。バイクは、ロケットカウルのインパルスが一台あるものの、他の二台は原付だ。人数は少なく、バイクの数はもっと少なく、年齢層も若い。おそらく発足したての半端な暴走族なのだろう。

俺は自販機の陰に身を隠し、一団を観察した。金髪を取り囲んで、皆でなにやら言い聞かせているように見えた。

しばらくすると、パンパンと騒々しい音とともに原付がもう一台やってきて、緑の特攻服が「いたいた、パチンコ屋の裏」と繁華街の方を指差した。

たっちゃんに報復しようとしているのだと分かった。

考えるよりも早く、俺はコインパーキングに足を踏み入れていた。

「やめとけ。そんなことして、なんになる」

リーゼントが「なんだてめぇ」と立ち上がった。黄色が「すっこんでろ」と続き、緑やピンクや白もオラオラわめきだした。金髪は、うんこ座りのまま振り返っただけだった。

「さっきの公園で見てた者だ。闇討ちなんて汚い真似《まね》して、恥ずかしいと思わないのか」

「てめぇにゃ関係ねぇだろうが」

「それがあるんだ。まぁそれこそ、お前らには関係ないことだが」

リーゼントが「てめぇからやってやろうか」と、特殊警棒をシャコンと振り出した。他の者達も、バイクに装備した木刀やバットを取り出した。

「やられたままじゃ、こいつの今後に関わるんだよ」

「やられたって、殴られたわけでもなく、ただ自滅しただけじゃないか」

俺のその言葉は、事実であるが故に金髪を刺激したらしい。彼はやおら立ち上がって「なんなんだよ、てめぇは！」と殴りかかってきた。公園と同様に、大きく振りかぶったフックだった。俺はたっちゃんほど優しくないので、かわすと同時に足を引っ掛けてやった。金髪は派手に転び、車止めに頭から突っ込んだ。立ち上がると、鼻血を流し唇も切っていた。

「上等だよ！」

涙目で叫ぶと、他の奴らも「半殺しにしちまえ！」と煽った。

ブロック塀の向こうに飲食店の勝手口があり、たくさんのタオルが干してあった。俺はその一枚を拝借し、右手に巻いた。

そのときの俺の頭には、喧嘩が公になった場合の出場停止やライセンス剝奪のことなど微塵《みじん》もなかった。たっちゃんが錦糸町を離れる時間をかせぐという考えもあるにはあったが、それは結果的にそうなればいいという程度だ。

それよりも、もうどうにでもなれという思いが強かった。

タックルにきた金髪の右側に回り込み、今度は容赦なく拳を使った。右ボディがみぞおちに刺さった。金髪はうずくまって唾を吐き捨てると、「貸せ」と黄色が持っていた金属バットを手に取った。

バットはよくない。不利という意味ではない。いろいろ思い出して、こっちも本気になってしまう。

「誰だか知らねぇけど、もう半殺しじゃ済まさねぇからな」

「やってる最中によくしゃべるガキだな。とっととこい！」

当たらなければただの棒。しかも両手で握っているのだから相手は片腕も同然だ。射程の長い単発のフックだけを想定すればいい。バットを振り切った直後、あるいは大きく振りかぶると同時に距離を詰め、倒すというよりも意識を断ち切るような一撃を見舞う。俺はそう考えて遠めに距離をとり、ガードを低くして構えた。

バットを持った人間の心理は分かっている。それで人を殴ろうとする場合、頭を狙うのは極めて少数派だ。くるのはストライクゾーン、つまり腕、腹、太腿辺りだ。

思った通り、金髪は俺の上腕辺りを狙ってフルスイングした。俺はバックステップでかわし、踏み込んでジャブの要領で左を伸ばした。拳は握らず、四本の指で目の当たりをパンとはたく。

ダメージはないが、素人はこれにいちばん驚く。

金髪はたたらを踏んで後退し、強く目をこすった。そして今度は、バットを槍《やり》のように持って突いてきた。少しは考えているようだ。俺は少しずつ後退させられ、ブロック塀を背負うかたちになった。バックステップのスペースはない。金髪が「へっ」と笑い、バットを握り直した。さっきより短く持ち、振りかぶり方も小さかった。脇にきたら一発食らうのを覚悟でバットを抱え込んでやるつもりだったが、下だった。左の腿にまともにもらってしまった。そして更に突き。これは顔面狙いだった。直撃は免れたものの、何発かが頬や額をかすめた。

俺は狭い場所で上体を振りながら、バットを握り直す一瞬の隙をついて鼻をはたき、右ボディを見舞った。金髪が前のめりになった。顎が完全に上がっている。チャンスだ。脳を揺さぶるショートフックで意識を断ち切る。

そう思った次の瞬間、頭に衝撃が走った。試合でも経験のないほど強烈な後頭部へのラビットパンチだ。意識を失いそうになったが、駐車中のセダンのバンパーに手をつき、なんとか踏みとどまった。振り返ると、リーゼントが特殊警棒を手に立っていた。こいつは、躊躇なく頭を狙える少数派らしい。

これは試合ではない。タイマンとも言っていないのだから、卑怯《ひきょう》とは言えないだろう。金髪に意識を集中させていたこっちが悪い。

リーゼントは「舐めんなよ」と小声で言い、特殊警棒を振り上げた。咄嗟《とっさ》に左腕を上げたが、前腕を思い切り殴られた。尺骨がメキッと嫌な音を立てるのが分かった。

立ち上がったものの、左はフェイントくらいにしか使えそうもない。頭の中はグワーングワーンと賑やかで、足元もおぼつかなかった。黄色もピンクも白も緑も加わって、俺は取り囲まれた。当然、金髪もバットを肩に担いでその輪の中心に立った。

俺はリーゼントの顔にノーモーションで右を叩き込んだ。鼻っ柱に見事にヒットしたが、リーゼントは鼻血を噴き出しながら笑った。人の壁に蟻《あり》の一穴を開けるべく、一対多の喧嘩の鉄則通りリーダー格を狙ったのだが、完全に失敗した。

俺はリーゼントに蹴り飛ばされ、仰向けに転んだ。黄色が「うらぁ！」と甲高い奇声を上げて飛びかかってきて、これは足払いで迎撃したが、白、緑、ピンクと襲い掛かられては防ぎ切れるわけがない。うつ伏せになって背中を丸め、頭と左前腕を守るので精一杯だった。金髪はバットを捨て、俺の脇腹を蹴りまくった。腕の隙間から見ると、リーゼントは壁際で手鼻をかみ煙草に火を点《つ》けていた。

こんな集団暴行を受け続けたら、二分ともたないぞ。そう思い始めたとき、警笛が聞こえた。続いて「こらぁ、なにやってる」という声も聞こえた。

「やべっ」

誰かが言い、すぐに暴行は収まった。バイクのエンジンを掛ける音がして、「こら待て」「おい、応援要請」「はい！」というやりとりが聞こえた。

四台のバイクに六人が分乗し、特攻服の一団は走り去った。そのあとを制服警官が自転車で追うのが見えた。

「そのままで、しばらく動かない方がいい」

残った警察官の一人が俺の身体を確認しながら言った。もう一人は応援要請をしたあとで「巡査長、救急車呼びますか」と訊ねた。

「いや、いいだろう。意識はあるし、出血もほとんどない」

俺の傍にいた年配の警察官は、そう答えていた。

通行人の誰かが通報したのか。助かったと言えるのかもしれないが、警察が絡むと厄介だ。事情を聴かれるだろうし、プロボクサーということも分かってしまう。最終的には集団暴行の被害者だが、絡んでいったのはこちらだ。しかも、金髪とリーゼントには拳を使った。あれは正当防衛と言えるのだろうか。投げ、絞め、関節技などと違って、拳という武器は判断が難しい。けど、もういいや。好きにしてくれ。いや、罰してくれ。罪状ならなんでもいいから、誰か俺を罰してくれ。

そんなことを考えながら、俺はアスファルトの上で仰向けに寝転がっていた。四方のビルがフレームになって小さくしか見えない夜空に、ちょうど三日月が浮かんでいた。泣きそうだったが、その細い月の光がやけにシリアスで、俺は唇を噛んで我慢した。


俺の望みは、叶《かな》わなかった。

本所《ほんじょ》警察署で事情を聴かれたものの、それは通り一遍のことだった。名前、住所、港の職場も正直に伝えたが、それで調べられたのは前科・前歴だけだった。きっかけとなった錦糸公園の男との関係を訊かれることもなかった。

　持ち物の提示を任意で求められ、その中にはプロボクサーのライセンス証があったのだが、それを見ても、

「数発殴ったといっても、兄さんの方が被害は大きいんでしょ？　まさかああいう輩《やから》が被害届を出すなんてこと、ないだろうし」

　と言うだけで、ジムやＪＢＣに問い合わせることもなかった。やはり彼らは半端な暴走族で、暴力団とつながっているような者達ではないようだ。

　対応したのは若い制服警官一人だった。若者同士の喧嘩ごときで仕事を増やされたくない、ましてや私服の警察官など事情聴取に同席させるだけもったいない、といったところか。

　制服は最後に「被害届、どうします？」と訊ねた。まさか出さないよね、というニュアンスがありありだった。暴行罪は親告罪ではないが、被害届の有無は起訴・不起訴の判断に大きく関わると聞いたことがある。捜査も、手続きを取るだけで実際はなにもしないということだろう。

「停まってた車も無傷だし、店の看板やなんかも無事だったんで、兄さんは運がいいよ」

　そんな言葉で、聴取は終わった。こういう喧嘩沙汰でいちばん面倒なのは、物損被害があった場合らしい。俺は心ならずもタオルを一枚盗んでしまったことを馬鹿正直に言ったのだが、それも不問に付された。

　帰る前にトイレを借りて鏡を見ると、思っていた以上に顔じゅう傷だらけだった。左瞼は紫色になって腫れ始めており、頰や口の端にも擦り傷がある。肋骨は大したことはない。奴らが地下

足袋履きで助かった。

左手の握力も戻っていて、痛みはあるが腕は折れていない。それよりも左腿が最も痛い。懐かしい痛みだった。

外に出て振り返ると、垂れ幕に『暴力団・暴走族の撲滅にご協力を』と書かれていた。警杖《けいじょう》を持った門衛に一礼して駅に向かおうとすると、門の外に立っていた男に「お勤めご苦労さん」と声を掛けられた。

「お咎《とが》めなしでよかったな。あらら、けっこうやられてら」

男は、左足を引きずる俺を上から下まで見て笑った。

「脚を狙われたか。さすがに防げないよな」

驚いてなにも言えないでいる俺の顔を見て、男は更に笑った。

「久しぶりだな、イチ」

「テツさん……」

やっと声が出た。

偶然通り掛った、などということはないだろう。俺の知らない間に警察からＯＫジムに身元照会かなにかがあり、たまたま錦糸町近くに住んでいるテツさんにジムから連絡があったのか。あれこれ考えたが、よく分からない。

「なんで？」

テツさんは「それも含めて話してやるから、ちょっと付き合え」と駅の方へ歩き始めた。

「まずは、お前の方から説明してくれ。今日、なにがあったのか」

繁華街のはずれにある赤提灯《あかちょうちん》で、俺達はカウンターの角に座った。ビールを一口飲んで、俺は錦糸公園で見たことと、あのコインパーキングの一件に至る顚末《てんまつ》を説明した。話しながら、注がれるがまま三杯飲んだが、どんどん苦味が増すような気がした。

「たっちゃん、フットワークが上手くなってた。目の周りが赤黒くなってたんで、ラッキーパンチくらいもらうんでしょう。でもディフェンス全般、上達してるんだと思う。けど……」

店の女将《おかみ》さんが「よかったらこれ」と、氷でいっぱいのジョッキをカウンターに置いた。俺が怪訝な顔をすると、女将さんは自分の左目を指差した。腫れがひどくなっているようだ。礼を言ってジョッキを瞼に当てると「う……」と声が出た。

「けど、なんだ」

「俺のこと、分かってなかった。指が震えてたし、歩く姿もふらついてるみたいに見えた。たぶん、パンチドランカーだ」

テツさんは、歯車の模型を弄んでいた。傘歯車のやつだった。

「俺がボクシングの世界に引っ張り込んだせいだ。ただの豆腐屋を、俺が壊したんだ」

それから俺は、たっちゃんが三勝目を挙げた試合直後、勝敗が分かっていなかったこと、ドクターへの受け答えがおかしかったこと、そして豆腐屋が配達ミスが多いと言っていたことを話した。

「豆腐屋の話以前に、ヒントはいくつもあったんだ。なのに俺は、なにもしてやれなかった」

俯く俺にテツさんはなにも言わず、傘歯車を回し続けた。まるで全部吐き出しちまえと言われているような気がして、俺はテツさんに言ったところで分からないことまでしゃべった。

「なにが、いっくんありがとう、悔いはない、だ。そんなのは俺が俺の都合がいいように勝手に妄想した、たっちゃんの言葉だ。安心したかっただけだ、あんなひどいことをしておいて。いや、ひどいことをした自覚があったからこそ、自分を慰めてたんだ」

ずっと黙っていたテツさんは、傘歯車を置いて枝豆を口に放り込みながら「杞憂《きゆう》ってやつだ」と言った。

「パンチドランカーになんか、なってねぇよ」

「なんでそんなこと言い切れるんですか」

「さっき、お前がやられてるのを警察に通報したのは田部井だ」

「え？」

たっちゃんは過去の経験から、ああいう輩が待ち伏せしている可能性があると分かっていた。緑の特攻服を見掛けて後を追い、金を渡すか、香具師《やし》の元締めの名前を出して話をつけようと思っていたのだが、コインパーキングの一件に出くわした。そして警察に通報し、俺が本所署に連れて行かれるのを確認してから、テツさんに様子を見に行くよう頼んだという。

驚いている俺の顔を横目で見て、テツさんは「いいか、イチ」と補足するように言った。

「今日、ふらついてるように見えたのは今のお前と同じ、脚を攻められていたせいだ。それから三勝目の件、あんな激しい打撃戦なら、勝敗が分からないのも試合後の受け答えがおかしいのも珍しいことじゃない。あくまで一時的なもんだ。お前だって峯井戦で経験あるだろう」

俺はジョッキを置き、テツさんに上体を向けた。たっちゃんの三勝目や俺の峯井戦を知っているということは、密かに観戦していたのか。

「じゃあ、豆腐屋の話はどうなんですか。試合直後だけじゃない、日常のことですよ」

「ははは、あれは元からだ」

「元から？」

「そう、ボクシング始める前からだってよ。田部井の奴、三桁以上の計算と突然の変更に、まったく対応できなかったらしい」

豆腐屋の説明不足、いや、俺の確認不足か。急激に全身の力が抜けた。

「行ったんですか、中村豆腐店に」

「あぁ、田部井が姿を消してすぐ、村本から連絡があった。もし田部井から連絡あったら、どこにいるのか訊いておいてくれってな。あいつもああ見えて義理がたいところがあるんだな。イチにだけは挨拶しろって、田部井に言いたかったらしい。で、俺も気になって豆腐屋に行ってみたんだ」

俺は心底ほっとして「そうだったんですか」と呟いた。しかしパンチドランカーでないとしたら、なぜ俺を無視したのだろう。やはり、あのときの嘘をまだ怒っているのか。

テツさんはその疑問を察したように「お前を無視したのは、無理もないことだ」と言ってビールを飲み干し、冷酒を注文した。

テッさんは俺よりも早く、たっちゃんを見付けていた。素人に殴らせて小銭を稼いでいるらしいという情報は、桶谷会長から聞いたという。

「平井から聞いたそうだ。自分は時間がないから、代わりに捜してくれないかって俺に電話してきた」

あの会長も、なんだかんだで気にしていたということか。村本に義理がたいところがあるという話よりも意外だった。だが、そんな俺の思いを打ち消すようにテツさんは「田部井の身を案じて、って理由じゃねぇけどな」と笑った。

「どういう意味です？」

「まぁ待て。で、見付けるには見付けたんだがな」

間もなくたっちゃんを見付けたが、やはりテツさんも最初は知らないふりをされたという。もしやと思い、テツさんが現在はどのジムとも契約していないと言うと、たっちゃんはやっとまともに話をするようになった。そして、テツさんにトレーナーを頼んだという。

「もしやと思ったって、なんです？　トレーナーってその素人に殴らせる仕事の？　受けたんですか？」

枡《ます》の中にグラスが入った冷酒を口から迎えにいき、喉を一つ鳴らしてから、テツさんは「さてそこだ」と表情を硬くした。

「ここからは、この場だけの話だ。聞いたらすぐに忘れろ」

そう前置きして始まったテツさんの話は、俺には信じられないものだった。

たっちゃんは、ほかにも仕事をやっていた。アンダーグラウンドの賭け格闘技の選手だ。闇カジノより大きな額が動き、元ボクサー以外にも元力士や元キックボクサー、ある程度若く体力のある多重債務者、その筋に顔と名前を売りたいチンピラや用心棒なども出場する、非合法の興行だ。階級分けはなく、三分三ラウンド以外ルールもないに等しい。運営には当然、暴力団が絡んでいる。

「お前も『ドッグス』って名前くらい、小耳に挟んでるだろう」

知っていた。JBCも存在を把握しており、出場はもちろん会場にいただけでライセンス剝奪というお達しが出ている。

「目への打撃も、脚への蹴りも、そこでもらったものだ」

テツさんは、歌舞伎町《かぶきちょう》の雑居ビルの地下で直近のドッグスを観た。簡単には入場できないが、たっちゃんに「トレーナーの件を検討するために観ておきたい」と言って手引きさせた。トレーナーライセンス剝奪の心配はあったものの、一度観ておきたいという気持ちが勝った。

その日、たっちゃんは元キックボクサーで日本ウェルター級チャンピオンだった選手と対戦した。左ハイとローキックを何度も食らったが、最後は得意の右ボディで倒した。蹴りは使わず、ずっとボクシングで通したという。

「五戦全勝で、今じゃ立派なメインイベンターだ。桶谷会長のことだから、田部井がドッグスに出てるのを知ってたんじゃないかと俺は思う。だとしたら、こりゃ使えるとばかりに八百長を持ち掛けるかもしれない。だから見付けたことは報告しなかった」

それはない、考え過ぎだ、とは断言できず、俺は黙っていた。

テツさんは自分のスキルではなにも教えられないと思ったが、トレーナー就任の話は保留した。はっきり断ると、たっちゃんが自分を避けるようになる可能性があったからだ。

「察してやれよ、イチ。そんな世界に生きてる田部井が、現役の日本ランカーに関われるか？他人のふりをするのが、せめてもの応援ってもんじゃねぇのか？」

分からないし、分かりたくもない。俺はテツさんの冷酒に手を伸ばし、グラスのも枡のも飲み干した。やけにしょっぱい酒だった。

「なんだって、そんなことやってんですか？　金ですか？」

「まだボクシングを続けてんだよ、あいつは」

「そんなのボクシングじゃない」

「あのなイチ、田部井はもともとボクシング好きではなかっただろう。そんなあいつにとって、正式な試合かどうかなんて、どうでもいいんだ。自分がボクシングのルールを通す以上、相手がなにをしようがすべてボクシングなんだよ」

「そんな無茶苦茶な。だって……」

言い淀《よど》んだ俺を安心させるように、テツさんは「ドッグスはやめさせる」と続けた。

「やめたいと言って、簡単に抜けられる世界じゃないでしょう」

テツさんは声を潜めて「裏から……いや、表から手を回す」と答えた。より詳しい情報を手に入れ、当局に密告する気だと分かった。

「最近の不況で、大手企業の幹部クラスだとか大物芸能人だとか、大口顧客が減ってドッグスも弱体化しつつあるらしい。ただ警察も一般客から断片的な情報を得るくらいで、内部の構造やら金の流れやら、決定的な情報が摑めず苛ついてる」

そのためのトレーナーの話の保留でもあったのだ。関係者として内情を知る立場になって垂れ込めば、俺の喧嘩などと違って警察も本気で動く。

「とはいえ相手はヤクザだ。俺も田部井もしばらく身を隠さなければならなくなる。しかし、それがあいつを正式なボクシングのリングに戻すことにもつながる」

「そんなこと、いったいどうやって」

その質問には答えず、テツさんは新しい冷酒を二つ頼んで一つを俺の前に置いた。そして「なぁ」と、やけに優しい声で囁《ささや》いた。

「田部井の奴、本当にお前のことを心配してたぞ。さっきの電話でも、ライセンスのことをいちばんに気にしてた。いっくんはもっと上に行かなきゃ駄目なんだ、いっくんは、いっくんは、って何度も繰り返してな」

それからテツさんは、うなだれる俺に峯井戦の右ストレートの感想や、大手ジムのホープに敗れた直近の試合の敗因などについて、話し続けた。

それらの話は、たぶん俺の左脳に届いていた。けれど右脳には、聞こえるはずのないたっちゃんの声が届いていていた。

「いっくん」

続きはない。ただ、俺を呼ぶ声だけだ。

一つだけ、どうしても確認したいと思った。

「今度、たっちゃんと話すことがあったら、訊いといてください」

「なんだ」

「原付の免許、取ったかって」

どうでもいいことかもしれないが、それは俺がいちばん最初にたっちゃんの人生計画を変えてしまったもので、すべての象徴のような気がしたのだ。

テツさんは模型を弄びながら「自分で訊け。いつかな」と笑った。

たっちゃんにとって、俺は進むべき方向を変える、小さな、本当に小さな、傘歯車みたいなものだったのかもしれない。そんなことを思いながら、俺は残りの酒をチビチビ飲んだ。

日付が変わる頃、俺達は店を出た。「カラオケ行くか」と言うテツさんに「けっこうです」と答え、しかし改めて礼を言ってから、俺は駅に向かおうとした。

するとテツさんが「よぉ」と呼び止めた。振り返ると、柄にもなく照れたように頭をかきながら「あいつ、変わったよ」と言った。

「ドッグスを観て気付いたんだが、田部井はもう死にたがってなんかいない。むしろ逆。危険な世界に身を投じながら、生きようと、強くなろうと足掻いている」

バブルは弾けたというのに、世間はそれすらも「それはそれとして」と受け取っているようで、終電間際の繁華街はギラギラして、人々はこの一瞬だけを享楽的に生きているようだった。

取り残されているような感覚に見舞われた。世間からも、たっちゃんからも。テツさんは俺を指差し、念を押すように言った。

「お前が変えたんだ」

だから腹をくくれ、お前には責任がある。そう言われているような気がした。

俺は再度ぺこりとして、懐かしい痛みを引きずりながら歩き出した。


酔っ払い満載の電車に乗って、俺はＯＫジムに向かった。

桶谷会長は月に何度か、深夜まで一人で事務処理をやっていることがある。なんとなく、今日はその日だという確信があった。〇時を回っていたが、事務室の明かりは点いていた。窓から覗いたが、中には誰もいない。正面入り口に回ると、暗いジムで動く人影があった。事務室から漏れる明かりで、会長がサンドバッグを叩いているのだと分かった。

鍵が掛かったガラス扉を叩くと、会長はびくりと首をすくめて振り返った。

「お、おうイチか、びっくりさせるな。忘れ物か？」

会長は自慰を見付かった中学生みたいな慌てようでグラブを外し、鍵を開けてくれた。汗だくで、頭と肩から湯気が立っている。かなり長時間、サンドバッグ打ちをやっていたらしい。

ジムの明かりを点けると、会長は「おいおい」と驚いた。

「なんだ、その顔、どうした」

赤黒くなっているであろう俺の左瞼に手をやり、しかし触れずに、会長は拳を確認した。俺が足を引きずっていることにも気付くと「まったく」と吐き捨てて事務室に向かった。ガラガラと音がして、氷を用意してくれているのだと分かった。

「すみません、こんな遅くに」

頭を下げると、会長は「んなこたどうでもいい」と説明を迫った。

「喧嘩しました」

半ば覚悟していたようで、会長はそれほど驚かず「で？」と続きを促した。俺は、たっちゃんとテツさんに会ったことは省いて、ちゃちな暴走族と喧嘩になったこと、最終的に集団暴行を受けた側になったこと、警察で事情聴取されたが被害届は出さなかったことを説明した。原因については「よくあるトラブル」と言うにとどめた。

「警察でライセンスを見せて、拳を使ったことも言ったんですけど、お咎めなしみたいです」

会長は「うんうん」と頷き、万が一のこともあるから協会には先にこちらから報告を上げた方がいい、その場合、お前も詳細を訊かれるだろうから覚悟しておくようにと申し渡した。

「で、なんだ。どうもその報告にきたって感じじゃないな」

左瞼に当てていたアイスバッグを首筋に移し、俺は「はい」と答えた。だがすぐには続きが出てこなかった。会長も沈黙し、リングサイドの丸椅子に座って辛抱強く待ってくれた。

「尹の件、まだ生きてますか？」

会長の目が、お？　という感じで光った。

「返事を急いでたからな、一度は断ったが、その後どうなったか問い合わせるか？」

「お願いします。急に勝手な言い分で、すみません」

「いや、俺としても嬉しいが。その喧嘩と関係あるのか」

「いえ……心境が変わるきっかけの一つではあるかもしれませんが」

「まあいい。だが、その興行まで二ヶ月もないぞ。拳と、その脚は間に合うのか？」

「大丈夫です。なんとしてでも間に合わせます」

会長は腕組みをして、一つ首を捻った。つまり、果たして勝てるかね、だ。その無言の質問を受け、俺は「勝たなきゃいけない。行かなきゃいけないんです」と答えた。

「行くって、どこへ」

「上に」

「え？」

「俺は、もっと上に行かなきゃ駄目なんです」

会長は怪訝な顔をしたが、数秒後、ポンと膝を叩き、

「分かった。とりあえず、向こうに問い合わせてみる。それより協会への報告だ。出場停止処分になったら、尹戦どころじゃない」

そう言って立ち上がった。

「とにかく、今日はしっかり寝ろ」

俺も立ち上がり「よろしくお願いします」と、深く頭を下げた。

桶谷会長は、ジム所属のA級ボクサーが喧嘩に巻き込まれたとJBCに報告した。日時、場所、原因、相手の人数、受けた怪我の程度とともに、こちらが何度か拳を使ったことも伝えた。

JBCは本所署に事実関係を確認した上で、俺を呼び出した。村本に借りたダサいダブルのスーツを着た俺は、「平時こそプロボクサーとしての自覚を持つように」と口頭で注意を受けた。幸い、出場停止などの処分はなかった。

尹は、決まりかけていた海外選手招聘《しょうへい》をキャンセルして、俺との試合を受けてくれた。

そして、特別メニューが始まった。まずは尹寅徳の研究だ。

俺と尹は、新人王トーナメント以降に出稽古で三回ほどスパーリングをしている。しかしいずれも、俺が試合の直後であったり、逆に尹が減量苦のピークであったりして、あまり参考にはならない。

「これだな、尹のいいところも悪いところも全部詰まってる」

六本入手したビデオを一通り観たあと、会長は一本を再度デッキに入れた。

それはテレビ放送がなかった一年ほど前の八回戦で、尹に負けた側のジムに借りた貴重なものだ。会場は大阪府立体育館第二アリーナ。ホームビデオで撮られているので鮮明ではないが、二階席最前列からリング全体を捉えており、両者の動きはよく見える。

相手は尹よりも十センチ長身、百七十五センチのアウトボクサー。細かい点では違うものの、フレーム《体格》とファイトスタイルは俺に近い。

この相手に尹は七ラウンドTKO勝ちしたが、序盤の四ラウンドはすべてポイントを取られていた。好戦的な尹が積極的に打って出て、ことごとくカウンターを合わせられたからだ。

「鉄の拳と呼ばれる通り、確かにパンチの硬さと貫通力は脅威だが、お世辞にも小器用なタイプとは言えないわな」

会長が言うように、尹は基本的には愚直なブルファイターだ。相手のスタイルがどうであれ、両拳で顎をガードしたピーカブースタイルで頭を振りながら前へ前へ出る。プロフィールには右構え《オーソドックス》とあるが、足を前後ではなく左右に開き、すべてのパンチをフック気味に繰り出す。つまり左右で射程の違いがほぼなく、どちらも一撃でダウンを奪う破壊力がある。

新人王トーナメントで、俺はこの圧力に吞まれ二度のダウンを喫して敗れた。峯井相太VS尹は剛腕比べのような打ち合いで、最後は例のボラードで峯井に軍配が上がった。

このビデオの試合は、峯井に敗れて二ヶ月後のものだ。ポイントで劣勢が明らかな第五ラウンド以降、尹は空振りを繰り返していた左右のフックにフェイントを織り交ぜ始め、そこから急激に攻勢を強める。

敵のリズムを絶ったのだ。アウトボクサーはリズムが生命線だ。それが一旦狂うと、混乱する。下手くそなドラムにギターがつんのめるように、相手のカウンター狙いに空振りが増える。いったん下がろうとする相手に、尹が突っ込む。そしてロープ際で、フェイントもなく左右を連打。

『ちょ、ちょっと待て……待ってくれ……』

そんな相手の心情が、俺には手に取るように分かる。

しかしその相手も相当なテクニシャンで、高速の連打と体捌きでロープ際から脱すると、距離をとって立て直した。一瞬、尹のものになったと思われた試合の流れが、再度相手側に引き戻された。

　だが第七ラウンド、尹は更にスタイルを変えて流れを引き寄せる。普通の右構えになり、足を使い始めたのだ。いわゆるまともなボクシングだ。俺は尹のこのスタイルを初めて見た。テクニシャン相手に、ジャブもストレートもよく当たる。おそらく、左右からのフック中心の攻撃が、急に前後に変わったせいだ。二分過ぎには、相手のカウンター狙いにカウンターを合わせるという高等技術で逆転のダウンを奪った。

　立ち上がった相手へのフィニッシュブローは、接近戦から半歩下がっての右ストレートだった。角度もタイミングも、見事としか言いようがなかった。

「なんで最初から、アウトボクシングをしないんでしょう」

「自分のスタイルにこだわりがある、あるいは峯井戦の反省から練習を始めて、まだ自分のものになっていないんだろう。だから、追い詰められたらやってみる。イチのあれと同じだ」

　会長は、俺が峯井戦の最後に使ったワン・ツーを引き合いに出した。確かにあれは、まだ完全には自分のものになっていなかった。それ以前に、あのワン・ツーには重大な瑕疵《かし》があることも判明した。

　当たり前の話だが、右拳を隠して突っ込んでいくということは、顔面のガードはガラ空きだ。峯井も、その次の試合の相手も、ノーガードの俺に渾身の一撃を見舞おうとして力んだが故に、俺の右が紙一重で早く届く結果となった。

直近の試合で俺を破った相手は、そこのところを研究していたのだろう。俺としては、頭を下げながら右を放つことで攻撃と防御が一体となっているつもりだったが、その相手は移動する俺の頭にショートを軽く当てて突進を止めた。本当に、打つというよりも当てるだけ、猫だましのような防御のパンチだ。だがこの軽いカウンターは、フィジカルよりもメンタルに効いた。そして俺は受け身に回らされ、高校二冠の試合巧者に敗れた。

尹もその試合を観ているだろう。つまりあれは、改善しないことには実質使えないパンチだ。

「まぁ、尹の方は追い詰められない限りラフなインファイト、イチは逆に追い詰められない限りまともなアウトボクシングってことになる。とりあえずは、ブンブン振り回してくる相手を想定して戦略を練ろう」

確かに大阪での試合以降、俺が生観戦した三試合で、尹は一度もアウトボクシングをしていない。それに、まともなボクシングをしてくるなら、こちらとしては戦いやすい。アウトボクシングは頭の片隅にとどめておく程度でいいだろう。

「しかし、似てるな」

三度繰り返してそのビデオを観て、桶谷会長が言った。

「ええ」

俺も同意した。

第七ラウンドを除けば、尹の戦い方はたっちゃんに似ていた。たっちゃんは、基本的にはテツさんに教わったきれいなボクシングをやろうとしていた。だが故意か偶然かは分からないが、最終的には毎試合、足を止めての激しい打ち合いになった。そうなったときの戦い方が、尹にそっくりだったのだ。二人の試合を何度も観ている俺も、このとき初めて気付いた。

試合が同日か直前直後だったことが多く、俺とたっちゃんは似たようなコンディションの中、五回ほど本気でスパーリングをやっている。

「勝てるか？」

会長が暗に、その戦績のことを言っていることは分かった。

俺は「もちろん」と笑って答えた。

その戦績はどう贔屓目《ひいきめ》に見ても、たっちゃんの五戦全勝だった。

試合まで四十日を切っていた。最後の一週間ほどは減量でまともに身体が動かないので、正味三十日余りしかない。しかも前の試合から半年以上が経っている。

尹が負けている峯井に、俺は勝っている。それは心理的優位と言えなくもないが、あの勝利は奇跡みたいなものだ。それに、峯井には悪いが下り坂にある選手の二年前と一年前では、同じ状態だったとは言い難い。

右拳と左脚はほぼ問題ないものの、不安要素山積の中で、俺は特別メニューに臨んだ。

港の仕事を午後三時までにしてもらい、練習時間を二時間ほど増やした。その分、男坂女坂の往復を増やして下半身をいじめ抜き、ファイタータイプのスパーリングパートナーを日替わりで呼んで試合勘を取り戻すことに充てた。あとは会長やトレーナーと話し合いながら、防御と攻撃を一体化させる練習に取り組んだ。

　相手はフック系のパンチ主体なので、ウィービングからのボディ攻撃が有効なのだが、尹と俺では身長差が十センチ近くあり、尹のフックの軌道の下をくぐるにはかなり沈み込まなければならない。そこで、たっちゃんがやっていた、あの深いウィービングの練習を取り入れた。

　更には、スウェーバックからの攻撃。上体を反らしてフックをかわし、戻る勢いを利用してパンチを放つ。ただし、タイミングを誤れば返しのパンチの餌食だ。たとえ不自然な体勢からでも、とにかく手を出すことを優先させなければならない。

「いいね、上手くパンチに体重が乗ってる」

「上体の反らし方も、さすがの柔軟性だよ」

　会長もトレーナーもそう言って持ち上げてくれた。スパーリングでも、ウィービングとスウェーバックからの攻撃は徐々に精度が上がっているようだった。

　だが俺は「こんなもので大丈夫なのか」と思いながら、特別メニューをこなしていた。

　これはよくあることだが、日毎《ひごと》に対戦相手が大きく感じられるようになっていく。本格的な減量に入ると拍車が掛かり、夜も眠れなくなる。今回はその症状が酷い。理由は、それまでと違って俺が尹寅徳のボクシング以外の部分を知ってしまっているからだ。

　目立った成績は残していないが、インターハイと国体に出場経験あり。家族とは連絡を取り合っているものの、親族の冠婚葬祭には呼ばれない。そして、尹寅徳はリングネーム。出稽古やスパーリング大会の際、雑談の中で知ったそれらの事情から、尹がどのような経緯でリングに立っているのかは俺でも想像できる。

おそらく尹は親族内で、上からも下からも右からも左からも北からも南からも、怒りを買っている。そして尹は、その六方向にも、日本社会にも、憤っている。

本人は「大きな大会に出たいから手続きを取っただけ」「プロでやるなら祖父《じい》さんからもらった名前でリングに立つって決めてただけ」だと笑っていた。

こういう事情は、ボクシング界隈《かいわい》では珍しい話ではない。俺も本来、だからこの選手は精神的にタフなのだとか、背負っているものがファイトスタイルに表れている、といった言葉を聞いたり読んだりした際、ナンセンスだと笑い飛ばすクチだ。

だが、喉の渇きで目覚めてスポンジみたいな唇を同じくスポンジみたいな舌で舐めていると、俺のように漠然と世の中に対して怒っているのとは違う、野良犬と狼《おおかみ》くらい違う、と考えてしまう。

尹寅徳の意志はかたい。そのかたさが、そのまま拳に宿っている。日を追うごとに、そうとしか思えなくなっていった。


俺と尹寅徳との八回戦は、東洋太平洋タイトルマッチのアンダーカード《前座》として行われた。

当日計量を一発でパスした俺は、粥《かゆ》と素うどんを食べて三時間たっぷり眠った。起きてすぐ玉子雑炊を少しと、いつもの験担ぎで中村豆腐店の湯豆腐を口にした。体重計に乗ると、二キロちょっと増えていた。もどしもせず、吐き気もない。リカバリーとしてはまずまずと言えた。あとは試合開始予定時刻までの二時間半、じっくりとウォーミングアップするだけだ。

自分でもちょっと意外だったのだが、計量を終えてから俺はずっと落ち着いていた。意志のかたさが拳に宿るという考えも頭の中から消えていた。不安がないわけではない。どんな展開になるかも分からない。ただ、厳しい試合になることだけは間違いないという確信があって、どこか人ごとのようにわくわくしていた。

「よし、行くぞ！」

桶谷会長の掛け声に、セコンドとジム関係者が「おう！」と応え、同室の他ジムの人々も拍手を送ってくれた。

赤コーナーの尹は、計量から七時間ですっかり別人のようになっていた。こけていた頬はいくぶんふくらみ、青白かった唇にも赤みが戻っている。お互いリカバリーは上手くいったようだ。しかしリング中央でレフェリーの説明を聞いている間、尹は俺と目を合わせようとしなかった。しかし最後に両グラブを合わせる際は顔を上げ、バシッと上から叩いた。気合が入っている。

そして、ゴング。想定通り尹は足を左右に開き、フックを振り回してきた。低い位置にある頭が、浅いU字を描いて動く。

俺は立ち上がりはスウェーバックでフックをいなし、戻りながらジャブを放った。しかし頭の動きが速く、まともにはヒットしない。セコンドの「一分！」の声と同時に、俺は距離を詰めてウィービングを始めた。尹の頭の軌道とは逆に、そして彼のU字より深く。

互いにほぼ休みなく打ち続け、第一ラウンドが終わった。有効打はなかったものの、ゴングと同時に会場は大きく沸いた。

「どうだ、いけるか」

会長の問いに俺は「全部想定内」と答えたが、すぐに「しっかし」と付け加えた。

「硬いっす」

何発かフックをブロッキングで防いだのだが、そのブロックした腕がビリビリ痺れていた。峯井のハンマーとは別種の、もっと小さくて鋭い、鉄の塊をぶつけられたような感覚だ。

「次のラウンドは距離とっていいぞ」

「いえ、このままいきます。回転の速さならこっちに分がある」

第二ラウンドも同じような攻防となったが、こちらのボディが二発決まった。逆に尹のフックも何発か頰をかすめた。回転は確かに俺の方が速いが、その分、ガードの戻りがやや遅いようだ。

第三ラウンドに入り、尹がフェイントを入れ始めた。リズムを変えられたが、これも想定内で戸惑いはない。むしろ尹のリズムに間が生まれ、付け入る隙ができたかと思われた。

尹の左フックが途中で止まったところで、俺は右ボディを強振したが空振りだった。尹は俺の右側にサイドステップし、止めた左をそのまま振り抜いた。俺は慌ててスウェーバックでかわし、その左は右眉の辺りをかすめただけだった。

危ねぇ、こんな変調もありかよ、と思ったところで拍子木が鳴り、俺は距離をとって十秒経つのを待った。コーナーに戻ると、会長が俺の顔を見て表情を曇らせた。そしてアイスバッグを右瞼に強く押し当てた。

「腫れてますか」

「いや、たいしたことはない。すぐ散らしてやる」

セコンドアウトのブザーが鳴ってアイスバッグが外され、驚いた。右目の視界がほぼなくなっていた。会長は血の溜まりを氷で周りに押し流すよう処置してくれたが、腫れのスピードがはるかに上回っていたようだ。

第四ラウンド、尹の左フックは勘でかわすかブロックするしかない。そこで俺は接近戦を回避し、距離をとって基本通りジャブからの攻撃に切り替えた。

尹のセコンドから「左に回り込んで、上下打ち分けろ」という指示が聞こえた。尹の左フックに打ち下ろしやアッパーが加わり、それを上下に打ち分けられた。もう対処し切れない。

肋骨に強烈なのを一発、直後にアッパーを顎にもらった。俺はたたらを踏んで下がり、なんとかダウンを免れたが、むしろそのタイミングで倒れた方がよかったのかもしれない。ロープを摑んでがら空きだった左テンプルに、右をまともに食らってしまった。

俺は受け身もとれず、なぎ倒されるようにダウンした。マットが、自分でもびっくりするくらい大きな音を立てた。

耳の奥で、キーンと音がしていた。その向こう側から「立て、イチ！」と会長の声が聞こえる。更に遠いところから「いいぞ、とものり！」「決まったぁ、ともちゃん！」という声も聞こえた。

そういえば、寅に徳と書いて、日本ではとものりと読むのだと尹から聞いたことがある。声援は、職場の人たちだろうか。あれ？　尹の仕事って、なんだっけ？　若い女の声も聞こえたような気がするけど、工場とか工事関係じゃないのかな……。

「立つんだよ、イチ！　まだ半分も出してねぇだろうが！」

その通りだ。厳しい試合になることも想定内。ここで終わってたまるか。

カウントエイトで立ち上がると、レフェリーがタイムキーパーに「ストップ」と言い、俺をニュートラルコーナーに向かわせた。リングドクターが呼ばれ、俺は右目の腫れをチェックされた。これは怪我の功名だった。立ち上がった直後に攻め込まれたら、終わっていたかもしれない。俺はなんとか見える右目でドクターが立てた指を「二本、一本」と数え、三十秒ほど休むことができた。

「もう一分切ってる、距離とって逃げろ！」

その間、会長はずっとそんなことを叫び続けていた。

試合が再開され、俺は尹よりも早く距離を詰めにいった。会長が「馬鹿か、てめぇ！」と叫んだが、俺は心の中で「黙って見てろよ」と答えて、更にジリジリと尹に近付いた。

フックが当たる距離まできて、やはり尹は俺の右側に回り込んで左フックを打ってきた。俺は右足を軸に時計回りに四分の一回転し、左目でそのフックの軌道を見て大きなスウェーバックでかわした。そして、上体を戻すと同時に右ストレートを放った。この試合、初めて俺のパンチがまともにヒットした。

その後、同じパターンで計四発、俺の右は尹の顔面を捉えた。

そしてゴング。歓声と拍手に混じり、会場の方々から『おぉ……』という声が聞こえた。

「無視すんじゃねぇよ」

スポンジに含んだ水を乱暴に俺の頭に浴びせ、会長は言った。だが直後に「しかしまぁ、見事なもんだったよ」と褒めた。

「使えそうだな、あれは」

「さぁ、次はどうでしょう」

第五ラウンド、やはり尹は対応してきた。俺がスウェーバックでフックをかわした直後、更に距離を詰めて密着するというシンプルな対策だ。これでは上体を戻しながら右を打ったとしても、こちらは完全に後ろ体重だ。威力などない。

しかも密着状態から、まだ戻りきらない俺のボディに容赦なく左の硬いやつを振るってくる。二度目まではなんとか肘でブロックしたが、三度目、それが上にきた。

ゴン、と鈍い音がした。キーンという音が大きくなった。

俺は尹に抱きつき、なんとかダウンを免れた。

レフェリーに引き離されるまでの十秒ほどで、俺は考えた。

スウェーバックしている状態では小さく回転して左目で見ることなどできないし、勘でかわしたりブロックするにしても限界がある。三発に一発くらいは、まともにもらってしまうわけだ。だったら、どうする……。

ゴングが鳴り青コーナーに戻った俺は、ほとんど見えなかった尹の左フックの軌道を思い描いた。なんとか見えていた左肩の動きと傾き具合で、せめて上か下かは分かるのではないか、と考え続けた。

第六ラウンド、尹が回転を上げた。仕留めにきている。しかしその分、フェイントは減った。攻め続けられながらも、徐々に尹のリズムが読めてくる。

右のダブルから左がきた。俺は大きなスウェーバックでかわし、戻りながら右を打とうとした。尹が更に距離を詰める。

左が下にくる。そう判断し、俺は慌てて上体を戻して前傾、右腕でボディをブロックすると同時に顎を引いた。自《おの》ずと、頭が右前方へ出た。

しかし、尹の左は上へきた。

またゴンと鈍い音がして、会場が沸いた。だが、耳鳴りはなかった。食らった、という感覚はあるものの、足にくるほどのダメージもない。

尹の攻撃が止まった。見ると、彼の方から距離をとっていた。

同じ展開が更に二度あり、ゴンという音のたびに会場は尹への声援と拍手に沸いたが、見た目ほど俺にダメージはない。むしろ尹の方が戸惑ったような表情をしている。

上下の打ち分けを見極めようとして、百パーセントの確率で間違っていたわけだが、それが奏功したのかもしれない。

ほんの数センチだろうが、尹が想定していたポイントより近くでこちらからぶつかっていって、パンチを弾いたわけだ。顔面でパーリングをしたようなものだ。

錦糸町のコインパーキングでのことを思い出した。あのリーゼント野郎は俺の右ストレートを鼻っ柱に受けてニヤリと笑った。あれもおそらく、こういうことだ。上下の判断は間違えていたとしても、受ける覚悟ができていて、顎を引き歯を食いしばっていれば、顎先やテンプルでなければたいていのパンチに耐えられる。

「イチ、てめぇ馬鹿か！　なに考えてんだ！」

会長が叫んだ。わざとやっていると見えたのかもしれない。

そんな馬鹿げたことをするわけがない。しかもダメージもゼロというわけではない。ベストパンチが百パーセントだとしたら、その数センチ前でも六十パーセントくらいの威力はある。足にはきていないが、頭はぼんやりしてきた。

「とものり、チャンス！」

その声援で思い出した。尹は普段、焼肉屋で働いている。減量中は、さぞかし辛《つら》い職場環境だろう。

「ぼーっとしてんじゃねぇ、イチ！」

試合中に試合以外のことを考えるのは、脳にダメージがきている証拠だ。

戸惑いながらも、尹は迫ってくる。頭を低くし、左右に振りながら。その姿が、たっちゃんと重なった。

これは重症だ。そう思うと同時に笑えてきた。その俺の表情に腹を立てたのか、尹は前にも増して左右の回転を上げた。

上下の見極めは無理だ。俺は見えない尹の左をブロックとウィービングで防ぎ、下がってのジャブとストレートとで立て直そうとした。基本通りのワンツーが当たり始め、スリーの左フックもボディに決まった。だが、尹の前進を止めるまでには至らない。

残り十秒の拍子木が鳴った。尹が一段と頭を低くして、伸び上がりながら右フックを振ってきた。俺は思わず、使わないようにしていたスウェーバックでそれをかわした。尹が更に距離を詰め左を打とうとする。またあのパターンだ。

これ以上顔面パーリングを繰り返すと、こちらも危険だ。俺は仰け反った不自然な体勢のまま、苦し紛れで右アッパーを打った。その力の入らないアッパーが、突っ込んでくる尹の顎先をかすめたところでゴングが鳴った。

なんとか助かった。そう思いながら青コーナーに戻るなり「馬鹿野郎！」と怒鳴られた。

「自分からもらいにいくなんて、頭いかれてんのか？」

アイスバッグの押し当て方まで乱暴になった。俺は「いてで」と言いながら左目で赤コーナーを見た。

相手の会長がレフェリーになにか訴えていた。右手で俺を指差し、左の人差し指でこめかみ辺りを指している。レフェリーは両手で落ち着くようにと制した。おそらく「反則ではないから」とでも答えているのだろう。

わざとなら確かにいかれているが、あくまでも偶然だ。それも俺の判断ミスからの。しかし、なにをあんなに焦っているのだろう。

ぼんやりそんなことを考えていると、椅子に座った尹が深くうなだれているのに気付いた。リング内のチーフトレーナーは懸命に腿を揉んでいる。足にきているのか？

　第七ラウンド、尹はやはり左右のフックを振り回してきた。前のラウンド同様フェイントはなく、アッパーを織り交ぜることもない。その攻撃に、俺は尹の焦りを感じた。振り終わりにジャブを差し込むと、太い首に支えられてビクともしなかった尹の頭が、大きく仰向いた。

　効いている。たぶん第六ラウンド終了間際の、あのアッパーだ。

　顔面パーリングの逆だ、と気付いた。たとえ力の入らないパンチでも、覚悟を決めていないタイミングでもらえばダメージはある。しかもあのアッパーは顎先をかすめた。まともに当たるよりも、大きく脳を揺さぶった可能性がある。

　ポイントでは大きく負けている。ここはチャンスだ。攻めろ。

　いったん大きく下がり、広いストライドで左足を踏み込み、ジャブを打つと同時に右肘を背後にたたみ込んだ。ここで軽いのをちょこんと当てられるのは想定内。少々バランスを崩しても止まらず、右を振り抜くのが改良版あれだった。

　尹はそれを待っていた。そうとしか思えない。左ジャブをかわすと同時に、尹は俺の右側にサイドステップした。軽いパンチはこない。標的を見失った俺の右は空振りに終わり、次の瞬間、左の打ち下ろしを食らってしまった。

　腫れ上がった右瞼が裂け、血が噴き出した。俺はロープの最下段を摑んでダウンを免れたが、レフェリーが再度タイムキーパーに「ストップ」と指示した。

　二度目のドクターチェックが入った。止血は施されない。傷口を見るためにに拭われるだけだ。

俺は苛々しながら「止まります、止めますって」と言い続けた。

なんとか試合は続行されたが、ドクターはレフェリーに指を一本立てていた。もう一度チェックを要するようなら止める、という意味かもしれない。

レフェリーの「ボックス！」という声に、会場がこの日最大の声援と拍手に包まれた。

尹は仕留めにきた。残り時間は二分ある。逃げ切れない。とにかく手を出せ。俺は右ガードで瞼を隠しながらジャブを刺し続けた。尹の前進が止まり、後退し始めた。会場のあちこちで「お？　マジか」「押し返してる？」という声がした。

ジャブを上下に打ち分け、フック気味に角度をつけると、更に命中率が上がった。なんとか盛り返して第七ラウンドは終わった。

アドレナリン液で止血処置は施されたが、あまり効果はなかった。

「ダメージはどうだ」

会長が、やけに優しいトーンで訊いてきた。棄権を提案されるのだと察した俺は「まったくないっす」と答えた。

「ラウンドガールのケツも、左目ではっきり見えてるし」

「重症じゃねぇか。ラウンドガールなんかいねぇだろ」

「冗談ですよ」

「ふん、頭の方には余裕があるらしいな。だがこの傷は別だ。ここまで深いと、少しでも早く治療しないと癖になる。もう棄権した方がいい」

「嫌です。止めたら、会長のこと本気で嫌いになりますよ」

「光栄だね、選手に好かれようなんて思ってねぇよ。この試合にこだわるな。早く復帰すれば、また尹とやる機会も巡ってくる」

「別にこの試合にも、尹にも、こだわってるわけじゃない。ただ、もう少しなんです。絶対に止めないでください」

「もう少しって、なにがだ」

さっきのラウンド、試合続行が決まったときの大歓声で、一つ気付いたことがあった。嫉妬が、同じレベルにいる者に抱く感情だとしたら、俺はたっちゃんに妬いていたわけではない。俺はたっちゃん、というよりも、たっちゃんの試合が巻き起こす興奮と熱狂に魅せられ、憧れていたのだ。

認めなければならない。ボクシングの世界に引っ張り込み、シャドーやミット打ちを教えたのは俺なのに、その関係はいつの間にか逆転し、俺の方がたっちゃんの背中を追っていた。

観る者を魅了する選手は、ボクシングに選ばれ、ボクシングに祝福されたボクサーだ。そんなボクサーは、戦っていなければ生きていけない、生きることとリングに立つことが同義なのだ。だから戦績とは無関係に、観る者にとってどうにも記憶に刻み込まれて忘れられない選手になる。何度倒れても立ち上がるなんて、言葉で言うのは簡単だ。しかし実人生では、いくら望んでも、誰もそんなふうには生きられない。だからそんな試合を観れば、かつての不良少年や喧嘩自慢はもちろん、サラリーマンも受験生も物書きも、くすぶりながらかすかでも熾《おき》を保持する者ならば、消えかけたそいつが燃え上がり熱狂する。いやが上にも、熱狂させられてしまう。

毎試合、倒し倒されの激闘を展開した田部井辰巳という選手は、その中でも更にごく稀《まれ》な例だったような気がする。

桶谷会長だって、たっちゃんの激闘に魅入られた一人だろう。これくらいの出血、たっちゃんの試合では珍しくなかった。俺には棄権を提案するのに、たっちゃんにはそんなこと、しなかった。

さっきドクターがリングエプロンを下り、レフェリーが「ボックス」と言った瞬間の大歓声は、たっちゃんの試合を思い出させてくれた。それがより多くの血を見たいという残酷なものであろうと、大逆転劇を期待してのものであろうと、どちらでもいい。とにかく、俺を奮い立たせてくれた。

そして俺は、たっちゃんがどんな気持ちでリングに立っていたのか、勝った試合でなぜ泣いていたのか、もう少しで分かりそうな気がしていた。

ただ、主役は俺一人ではない。尹もまた、あの大歓声に奮い立ったことだろう。

俺は「もう少しだ」と繰り返し呟きながら、赤コーナーを見つめた。対角線上にいる尹は、このインターバルはうなだれていなかった。まっすぐにこちらを見ている。

これまた認めるしかない。減量苦のピークで弱気になったときに感じたことは、すべて本当だ。尹寅徳の意志はかたい。そのかたさが拳に宿っている。俺は甘い、キャラメル並みに甘い。

でもなぁ、尹。俺のキャラメルだってけっこう硬いんだ。あんまり舐めてると、歯ぁもってくぞ。

俺は左目で、そう伝えた。

最終ラウンド、尹はオーソドックスに構えた。判定勝ちに逃げろというセコンドの指示だろう。真面目な尹のことだから、形だけはセコンドの指示に従う。だが、決して足を使って逃げ回ることはしないだろう。

予想通り、尹はオーソドックススタイルからジャブを打ってきた。まともなボクシングならこちらの土俵だ。打ち合ってやる。

尹の左ジャブを何発かブロックしていて気付いた。ほとんど力が入っていない。あまりに多用して打ち疲れたか。

左は形だけ、右なら左目でしっかり見える。俺のジャブがトリプルで当たり、尹の頭が大きく撥ね上がった。右側に回り込んで、左をボディへ。尹の上体が右に傾く。今度は左側に回り込んで、右ボディ。手応えあり。

尹が膝をついた。

会場が大きく沸く。歓声と足踏みに混じり、赤コーナーのセコンドから「なにやってんだ！足使え！」という声が聞こえた。

尹は傷口を狙ってこない。死角には回り込もうとするが、傷そのものは打ってこない。むしろ避けている。尊敬するよ、マジで。カウントを聞きながら、俺はそんなことを考えていた。立ってくることは確信していた。

カウントシックスで立ち上がった尹は、セコンドの指示を無視して前進してくる。ノーモーションの右をまともにもらった。大阪での試合と同じだ。左右からのフック系ばかり見てきて、直線的なパンチへの反応が遅くなっている。右は生きている。硬い。

ラウンド半ばを過ぎ、尹が一発打つたびに「フンッ」と声を発し始めた。全弾全力、出し切って終わる気だ。

徐々にラフファイトになってきて、気付いたら尹はまた足を左右に開いていた。右を何度か食らい、ボディにもいいのをもらった。ラフにもほどがある。ますます、たっちゃんに似てくる。五戦全敗だったたっちゃんとのスパーリングも、多少は役に立つというものだ。

上への右フックをスウェーバックでかわした俺に、尹が距離を詰める。またあのパターンだ。左の威力は半減していると判断した俺は素早く上体を戻し、尹の右側へサイドステップしようとした。

「フンッ」

右がダブルでテンプルにきた。速く、強く、硬かった。俺はよろめき、ロープに腕を絡めて踏みとどまった。

尹との距離、およそ二メートル。あれを打つ絶好のポジションだった。

第七ラウンド、あれを仕掛けて瞼を破られた左の打ち下ろしはもうこない。俺はそう割り切って、左足を大きく踏み込みながらジャブを伸ばした。

俺は尹がそのジャブを外側、つまり俺から見て左側に避けて右を強振してくると考えていた。

そのため左足をやや外側へオープン気味に踏み込んだ。これなら、右ストレートの軌道をやや内側に変えることで尹を捉えられるはずだった。

だが尹は、ジャブを右側にかわした。第七ラウンドと同じだ。サイドステップして、また左の打ち下ろしか。

俺は右ストレートを振り切る直前で止めて顔面をガード、同時に左足で急ブレーキをかけた。だがオープン気味に踏み込んでいたためか、バランスが崩れた。

俺の右側に回り込んだ尹が、左を打ち下ろそうとしていた。

腫れた右瞼の隙間から見える尹は、口を大きく開き、黒いマウスピースを剝き出しにしていた。血のカーテンの向こうで、見開かれた目が異様に光る。

悪鬼だ。

俺は上体が大きく左へ流れた不自然な体勢から出せる唯一のパンチ、左アッパーを繰り出した。軸となる左足は外側にあり体重は乗らない。だが構わず、俯いた顔が仰向けになるように腰を回転させ左を振り切った。

尹の左打ち下ろしと、俺の左ボディアッパー、二つの拳がほぼ同時に決まった。

俺はよろめき、またロープに腕を絡めてなんとか踏みとどまった。リングサイドの女性客が「きゃっ」と小さく叫ぶ。血が、ぼたぼたとマットに落ちた。

追撃がくる、そう思い慌ててファイティングポーズをとったが、尹はこなかった。

レフェリーが両腕を交差させ、ゴングが激しく鳴らされた。

どういうことだ？　俺はダウンしていない。出血だけで、傷のチェックもなく止められることなどあるのか。

わけが分からぬうちに、リング内に両セコンド陣が入ってきた。赤コーナー側のセコンド陣の中心で、尹がうずくまっていた。左のグラブをどこにもぶつけないように上げて、顔を歪めている。

「タオルだ、向こうが試合を止めた」

戸惑う俺に、桶谷会長が言った。

「足を使えって指示に従わなかったのもあるんだろうが、拳を思ってのことだろう」

尹は、左の拳を痛めていた。おそらくあの三度の顔面パーリングが拳を握り込む直前に当たり、痛めたのだ。あのラウンド後のインターバル、向こうの会長があんなに怒っていたのはそういうことだったのだ。

そして最終ラウンド、逃げ切れば確実に勝てるという状況で攻め、しかも最後に渾身の左打ち下ろしを使ったことで、向こうの会長は試合を止めた。

『赤コーナーより棄権の申し出があったため、青コーナー、五道一郎選手のＴＫＯ勝ちとなります』

アナウンスがあり、会場がどよめく中、俺はレフェリーに右腕を挙げられた。

不意に、泪がこぼれた。

俺はレフェリーに「もういいです」と断り、うずくまったままの尹のもとに向かった。

「ごめん」

俺が謝ると、尹は歪めていた顔を上げ、無理に作ったような笑顔を見せた。

「やめてくれよ。わざとじゃないのは分かってる」

「でも、こんなの……」

止め処《とど》もなく、泪がこぼれ落ちた。尹は「おいおい、お前が勝者だろう」と笑った。

「やめてくれってば。トラブルは付き物だ、ボクシングにも人生にも」

俺は「ごめん、ごめん……」と何度も謝った。それでは足りないような気がして、慰めにもなんにもならないと分かっていながら「強くなるから、もっと強くなるから」とも言った。

尹は、ついさきほどの悪鬼の表情が嘘みたいに笑って「おう、またいつかやろうぜ」と答えた。

「おい、もういくぞ」

峯井戦後と同様に『ありがとうごじゃいました』ばかりだった勝利者インタビューが終わり、会長が言った。

結局、たっちゃんがリングに立つ気持ちも、勝った試合後の泪の理由も、分からず仕舞いだった。届きそうで届かない。もう少しのところまで行けるのに、たどり着けない。この試合の終わり方は、なんだか象徴的だと思った。

俺はリングから、拍手や指笛で祝福してくれている観客席を見渡した。

立ち見席の壁際に、たっちゃんがいた、ような気がした――。

＊　＊　＊

ゴミの中にも宝はある。

不要になったスマートフォンやパソコンに含まれる希少金属だけでなく、廃棄される食品からは飼料や肥料はもちろん有用なガスも得られるし、建材を作る際に出る木端《こっぱ》でさえ、一方の業界では捨てられ、一方の業界では高値で取引されている。髪の毛も大量にあれば、座礁事故などで海に流れ出た油の吸着材に加工できる。すべてが上手く回転すれば新たな雇用も生まれ、一大産業になるだろう。問題は異業種間の連携、そして既得権益だ。高度にサステナブルな社会だったと言われる江戸時代にもこの問題はあり……。

「会長さん、老眼かな？」

体重計から降りた選手が言った。

「おう、ローガンビギニングだよ。老眼鏡、作らなきゃな」

目から遠く離していた雑誌を閉じて伸びをすると、背骨がパキパキ音を立てた。

「なにを熱心に読んどられたんです？」

「ゴミの再利用法」

「あはは、わいらのことか」

「余計なことはいい。ウェートはどうだ」

「リミット一・五……うそ、六オーバー」

「あと三日と十八時間か。水抜きは避けたいが、いけるか？」

選手は痩けた頰《こ》に笑みを浮かべて「余裕じゃ」と答えて、事務室を出ていった。

平成はあっという間に終わったような気がする。俺は五十五歳になった。

我ながら、充実した現役生活だったたと思う。ベルトとは無縁だったが、世界ランカーとやった三戦にはすべて勝った。そのおかげで、二つの団体で世界ランキングの十三位と九位に入ったこともある。三十歳の頃だ。

結局、東洋太平洋王者に挑んだ試合で敗れ、俺は三十三歳で引退した。その試合が、尹との三試合目《ラバーマッチ》だった。

真っ白な灰にはなれなかったかもしれないが、いい感じの炭くらいにはなれたんじゃないかと思う。

引退後はトレーナーのライセンスを取得し、しばらくOKジムで働いた。しかし、案の定というべきか桶谷会長と喧嘩して辞めた。すぐに他所のジムから誘いがあって数年勤めたのち、東京の下町にこのジムを立ち上げた。十年前のことだ。

ジム運営の他に、港での仕事もまだ続けている。さすがに荷役は肉体的に厳しくなったので、主に重機のオペレーターと若い労働者への仕事の斡旋を請け負っている。

早朝から昼過ぎまで港、午後はジム、夜は港の仕事の手配や他ジムとの交渉、事務処理などで、寝るのは日付が変わる頃になる。それでも生活はかつかつだ。

輝ける明日というやつはこなかったのかもしれない。ただ、輝いていた世間の方は勝手に黙り込んでいる。まぁ世間の景気動向がどうあれ、俺の人生はずっとこんな感じだ。

「よぉ会長、ミットが限界だ。縫うだけじゃ間に合わない。新しいの買ってくれ」

「そんなパンチがあるやつ、うちにいないでしょ。受けるの下手になったんじゃないですか？」

「なんだと、こら」

相棒はこの人、テツさんだ。トレーナーとしてフリーランスを貫いていたテツさんも、六十歳を過ぎて工事現場での仕事がきつくなっていたこともあり、俺の誘いを受けて専属になってくれた。

五道一郎と三好鉄、五と三でゴミ。ジムは『トラッシュ・ボクシング・アンド・フィットネス』と名付けた。

俺の現役生活、最後の五年間のトレーナーはテツさんだった。いつかの「世界に続く階段を見上げるところまでなら連れてってやる」という約束を守ってくれたわけだ。あの男坂どころではない急勾配で、駆け上がることはできなかったが。

ピシピシ……バランバラン……シッシッ……。ロープやパンチングボールの音が規則正しく聞こえ、そこにシャドーの息遣いが混じる。汗と消臭剤のにおいは、やや汗が優勢。週末は女子のフィットネス会員が増え、音もにおいも一変する。それも華やいで悪くはないが、平日の夜、この最もボクシングジムらしい雰囲気が濃い時間帯を俺は好きだ。

事務室の戸口に立って、百平方メートル弱のジムを見回した。

「おら、こっから先は根性！」

七十歳を過ぎたというのに、テツさんは二十代前半の選手よりも元気だ。選手を鼓舞する言葉は、令和になっても変わらない。他の若いトレーナーも感化されたのか「根性」の使用頻度が高い。カウンターのコツはもちろん「玉砕」の覚悟だ。

プロ選手は外国籍一人、女子一人を含め、十人在籍している。そのうち七人は、なんらかの理由でボクシングをやめた経験がある。さっき体重を計っていた赤枝《あかえだ》という選手の場合、大阪の名門ジムで将来を嘱望されていたのだが、ジム側ともめて契約を解除された。何試合か観ていい選手だと思っていた俺は、荒れた生活をしていた赤枝を捜し出して復帰の意思を確認し、元の所属先にも筋を通して再デビューさせた。

それに伴い、生活を立て直すために仕事を紹介し、新居の初期費用を立て替えた。代わりに、ジムが日常のタイムスケジュールを管理することを了承させた。

仕事は、あの峯井相太が立ち上げた建物解体業者の非正規社員だ。プロボクサーの事情を充分に理解しているので、試合前後の休みも融通を利かせてくれて助かっている。峯井は引退後も一人親方として仕事を続けていたのだが、赤枝のような者に仕事を与える目的もあって会社を立ち上げた。ボクサー以外にも、サッカーの地域リーグの選手など、多くのアスリートを雇っている。彼の許で働くことで、赤枝にとって学びも少なくないはずだ。

赤枝に限らず、俺はすべてのプロ選手に「まっとうに生きる術を得た上でのボクシングだ」と言って聞かせる。人生のすべてをボクシングに懸ける、二つの拳で成り上がる、といった世間一般のボクサー像の対極に聞こえるかもしれないが、違う。

人生のすべてをボクシングに懸け、二つの拳で成り上がるために、社会生活の基盤を確立しなければならない。

家庭環境やスポンサーに恵まれ、ボクシングだけに集中すればいい選手に比べれば、経済事情も練習時間も仕事や人間関係で受けるストレスの面でも圧倒的に不利だが、それも含めての勝負なのだと俺は考えている。だから、人間的に未熟な者達の生活面をサポートする代わりに、生活全般を管理させてもらう。

ここまでやるジムは珍しいと思う。しかし珍しいのはそれだけではない。マッチメイクも試合そのものの考え方も、他のジムとは一味違う。

マッチメイクでは、適正階級の下一つ、上は一つか二つまでなら、話があれば選手に確認した上で試合を組む。代替選手として緊急のオファーなら、最短で試合一週間前に受けたこともある。そうすることで、自ら興行を打てない中堅ジムでも全プロ選手に二ヶ月から三ヶ月に一試合は組んでやれる。

「なんだかんだ言って、イチも桶谷会長の影響を受けてんだな」

とにかく試合を組むことに腐心する俺に、テツさんはそんなことを言って笑う。

俺は敢えて否定しない。ファイトマネーからジム側が受け取るのも、ＯＫジムと同じく五十パーセントだ。もっともそれは、うちに入会する際に立て替えた分を徴収しているだけなのでＯＫジムとは事情が違うのだが、ジムを経営するようになってから桶谷会長の気持ちが痛いほど分かるようになったのも事実だ。

桶谷会長と最も違うのは、試合への臨み方だろう。

二、三ヶ月に一試合のサイクルを持続させるために、試合本番では怪我へのケアを徹底する。他のジムに比べれば、タオルを投げたりラウンド間に棄権を申し出たりするタイミングは早い。次の試合までの間隔を短くするためだ。

そうすることで二、三ヶ月に一度、Ａ級ボクサーなら最低でも十万円ほど得られる。月収せいぜい二十万円前後――これが俺の二十代の頃の手取りとほとんど変わらないから驚きだ――の労働者にとっては大きな副収入だ。瞼をカットしたり拳を痛めたりすれば、次は四、五ヶ月先、下手をすれば半年以上先になってしまう。

とはいえ、定期的な副収入を得るために逃げ腰の試合をせよと命じてはいない。プロボクサーとしての第一義は試合を成立させること、ファンを満足させることだ。理想は早いラウンドでのＫＯ、あるいは無傷でのフルラウンド判定だ。百二十日以上の試合禁止を命じられる四連敗と三連続ＫＯ負けは避けなければならないが、基本的に勝ち負けはどちらでもいい。

かませ犬的なマッチメイクは多い。ほとんどがそうだと言ってもいい。だがそれは同時に、有名選手や期待のホープとの対戦が多いということでもある。特に一度やめたことがある選手は、それだけ這い上がるチャンスも多いと捉えて燃える。しかし限られた練習時間、短い準備期間で金星を挙げることは容易くなく、ジム全体の勝率は五割を切っている。だからこそ俺は、選手が無傷でリングを下りることを最優先する。この考え方が気に入らない選手は出ていく。実際、入ってきた数の半分はやめるか再移籍している。

　ジムを立ち上げた直後から、コロナ禍で興行自体が減った時期を除いて、ずっとこういうやり方を続けてきた。十年経ったいまでは「アンダードッグ請負ジム」「負け犬《かませ犬》有限会社」という揶《や》揄《ゆ》もあるにはあるが、大半のジムからは「困ったときはトラッシュ」「あそこなら少々無理な条件でも試合を成立させてくれる」との評価を受けている。

　この試合にすべてを懸ける、これで引退しても構わない、万が一に大きな障害を負ったり死んでしまうようなことがあっても悔いはない。

　選手は常にそう考えていい。しかし実際、そんな試合は全キャリアのうち一つか二つだと俺は思う。俺自身の場合、峯井戦の途中からそんな感覚になった。尹との第三戦では試合前からそう思い、そして引退することになった。

　目の前しか見えず血気にはやる選手を「いまではない」と諭すのも、セコンドの役割だ。

　だが同時に、こうも思う。

　激闘の最中、なにも考えられず頭が空っぽになる瞬間がある。俺は数回しか経験したことはないが、過去も現在も、相手が誰なのか、なぜ殴り合っているのか、自分が何者であるのかすら分からなくなるのだ。そして、そんな試合に勝利すれば、拳を突き上げることも雄叫《おたけ》びを上げることも忘れて、ただただ泣いてしまう。

そんな泪を、今の若い選手にも味わって欲しい。

俺の場合、峯井戦の直後はいつまでも続く射精のように泣き、尹との第二戦後は申し訳ない気持ちでいっぱいの泪だった。それ以外に、極度の緊張と恐怖から解放された安堵感《あんどかん》で泣いてしまったこともある。

たっちゃんの場合は違う。そういった意味でも、彼は特別だ。たっちゃんのあの泪は……。

『イチも聞いたか？　本葬のあと、棺桶にＶＨＳの裏ビデオを大量に入れようとした奴がいたんだってさ』

村本が電話の向こうで言った。あの通夜から一週間が経っていた。

『不浄だとかプラスチックは駄目だとか言われたんだけど、こっそり一本入れたらしくてさ』

「なんの話だよ。早くオチを言え」

『お骨拾いのときにさ、骨に真っ黒い部分があったんだって。たぶんテープが張り付いたんだろうな。桶谷会長も成仏できただろう』

俺は「くだらねぇよ」と言いながら笑ってしまった。

『で、再来月の田部井の件だけど』

本題は、たっちゃんのことだった。

二十九年前、テツさんの垂れ込みでドッグスは解体し、たっちゃんは事情聴取は受けたものの不起訴処分となった。そしてテツさんとともに、フィリピンに身を隠した。

網膜剝離と診断された選手でも、完治すれば復帰できるとＪＢＣのルールが改正される十八年も前のことだ。

その当時でも、フィリピン、タイ、メキシコ、アメリカも州によっては、網膜剝離と診断されても治癒が確認されればリングに立つことができる地域があった。日本の選手にも、ライセンスを剝奪されたあとに海外に渡り現役復帰した前例はあった。しかし、それが簡単なことでないことは俺にも想像できた。言葉の問題や異国での人脈もそうだが、まず金が必要だ。

どう工面したのか分からないが、テツさんはそれをやってのけた。

たっちゃんはフィリピンで再デビューした。かのパッキャオが登場する数年前、圧倒的に不利なマッチメイクの中で勝ったり負けたりしながら、二年後には国内チャンピオンまで上り詰めた。その頃には、パックマンに先駆けてボンバーマンと呼ばれるようになっていた。やはり爆発物由来だ。

東洋太平洋王座に挑戦する話も持ち上がったが、当時のジュニアバンタム級——後にスーパーフライ級に改称——王者は何代か日本の選手が続き、開催が日本国内である以上、日本のリングに上がれないたっちゃんは挑戦できなかった。

トレーナー兼マネージャーとして奔走したテツさんは、三年でフィリピンを離れ帰国した。そして俺のトレーナーとなった。

たっちゃんはそのままフィリピンでリングに上がり続け、なんと四十歳まで現役を続けた。この間の試合を、俺は一度も観ていない。フィリピンに行くこともなかったし、今と違って動画が出回るということもなかった。

引退後もフィリピンにとどまったたっちゃんは、日本料理店で働きながら、片言のタガログ語で地元の子供達にボクシングを教えた。

何度か様子を見に行っていたテツさんによると、たっちゃんはフィリピンの水が合ったのか、日本にいるときよりも生き生きとしていたそうだ。地元の人々に「ボンバー」と呼ばれて可愛がられ、子供達にも「ハポンティート《日本のおじさん》」と慕われていたという。

そんなたっちゃんが死んだのは、十二年前の秋のことだ。まるでグラブを壁に吊《つ》るすのを待っていたかのように、戦うことが生きることであるお前に穏やかな日々は退屈だろうとでも言うかのように、引退後三年目に癌《がん》が見付かり入退院を繰り返していたが、四年に及ぶ闘病の末に力尽きた。

『十三回忌、また俺の仕切りでいいよな』

村本の用件は、それだった。

亡くなる直前、俺はテツさんに付き添われてマニラに飛んだ。あの錦糸公園以来だから、十九年ぶりの再会だった。

テツさんはなにも伝えていなかったようで、たっちゃんは俺の顔を見て驚いていた。痩せてはいたが、思ったよりも元気そうだった。抗癌剤治療は半年ほど前にやめたとかで、白髪交じりながら髪の毛も眉毛もあった。

「いっくん」

ベッドに横たわったまま点滴の針が刺さった右手を挙げ、たっちゃんは拳を出した。

「たっちゃん」

俺は拳を合わせた。一気に、あの橋のたもとに戻ったような気がした。

病室には、子供達の絵とメッセージがたくさん貼られていた。タガログ語に交じって『がんばれ』『ぼくしんぐだいすき』など、簡単な日本語もひらがなで書かれている。

たっちゃんと思しき頭のでかい男が大きなベルトを巻いた絵には『さやんぴおん』と書かれていた。韓国語も交じっているのか、と思ったが違った。誰が教えたのか知らないが「さ」と「ち」が逆なのだ。

『ちんどばっぐ』

『じゃぶおしえてくだちい』

ボクシングを教える間柄でよかった。もし一緒に散歩をする子供達だったら、とんでもないことになっている。

そんなことを想像していたら思わず微笑んでしまった。だが不謹慎なような気がして、俺は口元を隠しながら「これ、お土産《みやげ》」と持参した袋をサイドテーブルに置いた。中村豆腐店の絹豆腐だった。食べられる状態ではないかもしれないが、見てもらうだけでも構わなかった。たっちゃんは「わぁ、これならきっと食べられるよ」と笑った。

テツさんはベッドの下にあるハンドルを回して背もたれを少し起こしてから、「久々にこっちの屋台飯でも食ってくる」と席を外してくれた。

たっちゃんは「なにも言わずにいなくなってごめん。錦糸町まできてくれたときも、ろくに返事もしないで」と謝った。俺は首を振って「テツさんから事情は聞いた。警察への通報には感謝してる」と答えた。

それから、橋での競走、ロープとミット打ちの特訓、ファミレス、男坂女坂、清瀬戦、いとしのエリーとミカちゃんの話もした。

「ミカちゃんと会ってはいないけど、たまに見掛けるよ」

「え、どういうこと？」

「彼女、有名な臨床心理士になってね、事件や事故のコメンテーターとして、たまにテレビに出てるんだ」

「うわぁ、それはすごい。有名人だ」

「それに、旦那は与党の国会議員だ。将来の官房長官だとか総理大臣だとか噂されてる。ちなみに、あのヒラメではない」

「へぇ～」

「それから、俺も驚いたけど、プロフィールには『趣味　ボクシング観戦』って書いてる」

「ホントに？　それは嬉しいね」

二人で、声を上げて笑った。

たっちゃんは俺の峯井戦や尹との第二戦を密かに観戦していて「最後の右はいま思い出しても鳥肌が立つ」「あのまま続けてても、いっくん勝ってたよ」と言ってくれた。

「じゃあ、泣いてるとこも見られたんだ」

「うん、泣いてたね」

俺は「下ネタじゃないよ」と前置きして、峯井戦終了後の泪は射精のようだったと告白した。

たっちゃんは少し考えてから「うん、分かるよ、なんとなく」と頷いた。

「じゃあ、たっちゃんも？　勝った試合のあとは、いつも泣いてたけど」

「僕は……僕のは違うよ、そういうんじゃない。なんていうか、その……自分でもよく分からないんだ」

俺は「そっか、ごめん」と謝り、それ以上深く問い質すことはしなかった。俯くたっちゃんの横顔が、それをさせなかった。

だが、たっちゃんは自分から「ただね」と続けた。

「清瀬戦のときに泣いた理由は、ちょっとだけ分かるような気がする」

「あの、第三ラウンドの途中から泣いてた試合？」

「うん。あれはね、違うって思ったからなんだ」

「違うって、なにが」

たっちゃんはそこで顔を上げ、笑って俺を見た。懐かしい、少し困ったような笑顔だった。

「ごめん、やっぱ分かんないや」

俺も「なんだよ、それ」と笑った。

それから川に飛び込んだあの犬の話になり、俺は「どこかに流れ着いたさ」と言い、たっちゃんも「そうだといいね」と答えた。原付の免許は取っていなかった。しかし「こっちでは無免許で乗ってる」と、たっちゃんは舌を出して笑った。

「九〇年代の前半かな、阪神にオマリーって選手がいてさ。そいつを見るたびに、たっちゃんを思い出したよ」

「なんで？　似てるの？」

「オマリー、六甲おろしで検索してみな。すぐに見付かる」

「あ、なんとなく想像できる。ひどいな、いっくん」

そんなくだらない話もしているうちにあっという間に三十分ほどが過ぎ、看護師に「ロングタイムノー」と注意された。時間がない。伝えたいこと、訊きたいことは、まだたくさんある。オマリーのことなどどうでもよかった。

「まだ、穴を掘ってる夢を見るんだ」

たっちゃんの方からそう言った。口元から、さっきまで浮かんでいた微笑が消えていた。

そのとき、自分がどんな表情をしていたのかは覚えていない。しかし顔色は変わったのだと思う。たっちゃんは、その俺の変化を見て「ごめんね」と言った。

「なに、なんだよ、なんで謝るんだ」

「あの話にはね、いっくんが言った通り嘘があったんだ。埋めたのはジローじゃない」

「いいよ、その話は」

俺は反射的に止めようとしていた。だがすぐに、止めるのはおかしいとも思った。

受け止めなければならない。これが最後とは思いたくないが、たっちゃんには、誰かに言っておかなければならないことがあるのだ。その相手に選ばれたのならば、どんな内容であろうが受け止めなければならない。

俺はそう思い直して「ごめん、続けて」と言った。

たっちゃんはフッと笑って天井を見上げた。

「犬を埋めたのは本当。嘘だったのは、犬の名前」

「名前？」

「そう。あのときはジローって言ったけど、本当はちゃんとした名前は付けてなかった。母さんに情がうつるからって言われて、犬としか呼んでなかったんだけど、そのうち犬くんになって、またしばらくしたらなんとなく、いっくんになったんだよね」

たっちゃんはそこで言葉を切った。痩せた頰に、うっすらと笑みを浮かべている。俺は黙って、続きを待った。

「初めてあの橋で競走したとき、一郎って名前を聞いてすぐに、いっくんだって嬉しくなって、でも犬と同じ呼び方なんて悪いなぁって、ずっと思ってたんだ」

俺は、どんな反応を示すのがその場にふさわしいのか考えていた。驚くべきか、怒るべきか、それとも笑い飛ばすべきか……。

「怒った？」

たっちゃんにそう訊かれ、俺は首を横に振った。

「怒っちゃいないよ。ただ……」

最もふさわしいのは「はぁ？」とでも言って鼻で笑うことだと思ったが、既にそのタイミングは逃していた。なにより、作り笑いは無理だった。

「ただ、なに？」

「ううん、なんでもない」

貴重な時間なのに、俺は考え込んでしまっていた。苦いものが、こみ上げてくる。

「嘘ってバレちゃうもんだね」

犬のいっくんの話は、俺に会う機会があれば話そうと決めていたのかもしれない。たっちゃんはすっきりしたみたいに明るく言った。俺は「あぁ、嘘はよくない」と頷いた。

「でもなんで、あの話に嘘があるって分かったの？」

「たっちゃん、嘘を吐くときに癖があるんだよ」

「え、どんな？」

「小鼻がね、こう、プクッと膨らむんだ」

「へぇ、知らなかった。覚えとこう」

「うん、覚えといた方がいい」

テツさんが戻ってきた。その直後、看護師に二度目の注意を受けた。もう本当に行かなくてはならない。

「いっくん」

立ち上がった俺に、たっちゃんが言った。

「ありがとう。ボクシングに出会えて本当によかった」

練習して、できなかったことができるようになる。テストに合格する。眩《まぶ》しいライトの下に立って大勢に見られる。知らない誰かに応援される。冷たい人ばかりだと思っていた中村豆腐店の人達も、実はそうではない、自分が勝手にそう思い込んでいただけだと気付く。そして今こうして、子供達に囲まれている。

たっちゃんはボクシングを始めて以降の初体験を、噛みしめるように並べた。これもまた、病床でずっと思いを巡らせていたことなのかもしれない。ところどころつかえながらだったが、とても整理されている印象を受けた。

「そんなこと、僕の人生にはあり得ないと思ってた。ボクシングに出会って、たくさんたくさん奇跡が起きた。悔いはない。全部、いっくんのおかげだよ」

俺はたっちゃんから目を逸らした。その視線の先に、子供達の絵とメッセージがあった。さっきは微笑ましいと思った『さやんぴおん』や『ちんどばっぐ』が、俺を更にたまらない気持ちにさせた。

爪楊枝《つまようじ》をくわえたテツさんが「全部いっくんのおかげか。フィリピンくんだりまで連れてきた俺はどうしたよ」と言ってくれたおかげで、やっと笑うことができた。

しかし病室を出る前にもう一度右拳を合わせたとき、たっちゃんは口元を歪めて泣くのを我慢しているみたいだった。俺はなんとか口角を上げて「じゃあまた、今度は日本で」と言った。

諸々《もろもろ》の手続きのためにテツさんは数日残ることにし、俺は一人で帰路についた。

飛行機が離陸し病院があった辺りを見下ろしていると、泪がこぼれた。泣くなと自分に言い聞かせ、視線を上げた。マニラの空は青かった。ありえないほどのその青さに、かえって泪が止まらなくなった。

突然、たっちゃんの泪の理由が分かったような気がした。

最初はテツさんが言っていた通り、殴られたがっていた、死にたがっていた。それは、罰して欲しいという思いからだったのかもしれない。

ところが、たっちゃんは変わった。そのきっかけが清瀬戦だ。

初めて強敵と呼べる相手と対峙したたっちゃんの身体は、殴られたくない、死にたくないと反応してしまった。だから「違うって思った」のだ。

清瀬戦を境に、たっちゃんは過去も現在も忘れて死力を尽くす、あの極限状態を求めてリングに上がるようになった。時間にしてたかだか数分のそれを求めて、厳しいトレーニングや減量に耐えた。

そして試合が終わり、現実に引き戻され、すべてを思い出し、生まれ直した赤子のように泣いたのだ。

きっとそうだ。

結局たっちゃんは、自分の過去について具体的なことはなにも教えてくれなかった。親しい誰かの過去を知るということは、それを一緒に背負うということでもある。たっちゃんは、あまりに重いそれを、俺に背負わせたくなかったのだと思う。

たっちゃんの過去になにがあったのか、知り得た断片をつなぎ合わせれば、馬鹿な俺でもある程度は分かる。一般に公開されている裁判記録を読んだところで、すべてが真実でないことも分かっている。かといって、今は出所しているであろう父親や、あの雑誌記者を捜し出し、改めて問い質そうとも思わない。

推理とかミステリーとかジュンブンガクとか――まともに読んだことはないが――俺の好みじゃない。

そんなものはなくても、俺はたっちゃんからたくさんのものをもらった。いつだったか、俺は村本を評して『おっさんになってから「俺は元プロボクサーだ」と粋がるためにライセンスを取ったような半端者』と言った。あれは、俺自身のことだ。たっちゃんもまた、俺にとって進むべき方向を変える傘歯車だったのだ。たっちゃんが引退して姿を消し、目標を見失っていた俺を再度リングに向かわせたのも、彼の「いっくんはもっと上に行かなきゃ駄目なんだ」という言葉だった。

それに対して、俺はたっちゃんになにをしてあげられたのだろう。

ずっとそれが、引っ掛かっていた。

「ボクシングに出会えて本当によかった」

そのたっちゃんが、確かにそう言った。

右の眉を動かさずに。

訃報が届いたのは、それから三日後のことだった。

『いま、田部井の最後の激闘が終わった』

マニラからの電話で、テツさんは亡くなったとか息を引き取ったとは言わず、俺にそう告げた。

そして俺は、二年を掛けて金策に駆けずり回り、このジムを立ち上げた。

『平井さんもくるんだって。あの人、桶谷会長の通夜にはきてなかったから一応、会長の遺影も用意しようか』

村本が言った。彼はたぶん金を借りるつもりだから注意しろ、と続けた。

「どこまで声を掛けるかは村本に任せる。え、清瀬ってあの男前の清瀬未来？　よく連絡ついたな。あの試合の動画も持ってくるって？　そりゃいい、盛り上がるよ」

水道橋でボクシングバーをやっているので、村本は現役時代よりも業界人の知り合いが多い。それで、現役を退いた選手の近況や連絡先もすぐに分かるのだそうだ。

俺は「ありがとう、よろしく頼むよ」と言って電話を切った。

十三回忌法要といっても、たっちゃんはフィリピンの共同墓地に埋葬されており、位牌《いはい》もなにもない。ただ村本の店に遺影を置き、みなで古い写真や雑誌の切り抜きを持ち寄って飾り、昔話をするだけだ。もっとも、訃報が届いた直後の集まりも、三回忌も七回忌もそうだったように、読経を聞いたり焼香をするよりも、たっちゃんへの供養になるような気はする。

「なぁ、会長さん」

電話が終わるのを待っていたように、あぐらをかいてバンデージを巻いていた赤枝が言った。

「こっちは若い頃の会長さんじゃろ？　一緒に写っとるのは誰なん？」

岡山出身の赤枝は、壁を見上げていた。

神棚の下に、たくさんの写真やポスターが飾られている。

高い位置にモハメド・アリと渡辺勇次郎《わたなべゆうじろう》。その一段低いところには、国内外のレジェンド級の選手達がびっしりだ。テツさんお気に入りのナジーム・ハメドは複数の写真が貼られている。白井義男《しらいよしお》やファイティング原田《はらだ》、大場《おおば》、具志堅《ぐしけん》、辰吉らが並ぶ中に、俺とたっちゃんが背中合わせで写っている写真も飾られていた。

「ハポンティート」

シューズの紐《ひも》を結んでいたフィリピン人選手が、俺の代わりに答えた。

「なんて？　お前日本語ペラペラなんじゃろが、日本語で言えや」

そのフィリピーノは、かつてたっちゃんがボクシングを教えた少年だった。二十八歳となったいま、俺と一緒に港で働きながらプロのリングに上がっている。たっちゃんによく似た、不器用なインファイターだ。彼も赤枝と同じ日に、未来の世界チャンピオンと評されるホープと八回戦をやることになっている。

俺は「これか？」と言いながら、二人の間にしゃがんで写真を見上げた。

「これは無名のジムメイトだ。取材とは縁がなさそうだから、俺の取材にきた雑誌社に頼んで一緒に撮ってもらったんだ」

たっちゃんほどではないけれど、俺もなかなかの嘘吐きになった。

「不器用で、泣き虫で、毎試合ボコボコになって、おまけに嘘が下手で、本当にどうしようもないボクサーだった」

「ほんまか？　隣の人の方が強そうに見えるで」

なかなか鋭い観察眼じゃないか。お前は見所があるよ。

懐かしいたっちゃんの顔を数秒見つめてから、俺は「さぁ行こうか」と立ち上がった。

「どっか行くん？」

決まってるだろう。あの、熱狂の渦の中へだ。

本書は書き下ろしです。
装幀　片岡忠彦

三羽省吾

1968年岡山県生まれ。2002年『太陽がイッパイいっぱい』で小説新潮長編新人賞を受賞しデビュー。06年に『厭世フレーバー』で、12年に『Junk』で、それぞれ吉川英治文学新人賞候補。09年に『太陽がイッパイいっぱい』で酒飲み書店員大賞、14年に『公園で逢いましょう。』で京都水無月大賞を受賞。23年末、本の雑誌増刊「おすすめ文庫王国2024」のエンターテインメントベストテンで『俺達の日常にはバッセンが足りない』が第3位に。他の著書に『イレギュラー』『ニート・ニート・ニート』『刑事の遺品』『共犯者』などがある。

嘘《うそ》つきな彼《かれ》との話《はなし》

2024年6月25日　初版発行

著　者　三羽《みつば》省吾《しょうご》

発行者　安部順一

発行所　中央公論新社

〒100-8152　東京都千代田区大手町1-7-1
電話　販売 03-5299-1730　編集 03-5299-1740
URL https://www.chuko.co.jp/

DTP　嵐下英治
印　刷　大日本印刷
製　本　小泉製本

Published by CHUOKORON-SHINSHA, INC.
Printed in Japan　ISBN978-4-12-005798-4 C0093